인생은 한번뿐

시간은 되돌릴 수 없고

글배우 지음

시간은 되돌릴 수 없고 인생은 한번뿐

글배우 지음

강한별

—

저자 고유의 감성을 전달하기 위해
작가 특유의 글쓰기 방식을 사용합니다.

나를 위해
나의 하루를 위해

처음 꺼내는 말

눈을 감고 30년 후를 생각해보는 겁니다.

30년 후면 지금 걷던 길도

매일 보던 풍경도

매일 가던 장소도

매일 함께하던 사람도

변해 있을 겁니다.

내가 알던 일상이 전부 달라져 있을 겁니다.

그리고 30년이 지나
지금 있는 곳에
다시 온다면 어떤 기분일까요?

아마 당신은 나이가 꽤 들어 있을 겁니다.

그리고 그곳에서
같이 웃고 떠들던 사람이 제일 먼저 생각날 것입니다.

그리고 행복했던 모습이 생각날 것입니다.

그리고 힘들었던 순간도 생각날 것입니다.

하지만 힘들었던 기억은 금세
'그 일로 왜 그렇게 힘들어했을까?' 하는
생각으로 바뀔 것입니다.

'이렇게 잘 지나올 수 있었는데.'
'그렇게까지 힘들어할 건 없었는데.' 하면서요.

매일 보고 만났기에
너무나 평범했던

하지만 그 시간에만 느낄 수 있었던 온기를
아쉬움으로 기억할 것입니다.

하루 속에 소중한 모든 것은 변합니다.

나도. 나를 스쳐 간 모든 것도.

오늘 하루는
시간이 지나 떠올렸을 때
다시 만날 수 없는 추억이 됩니다.

책은 독자와 저자가
만나는 시간이라 생각합니다.
우리는 다른 일상을 살아왔기에
책에 담긴 이야기와
완전히 똑같은 일상을
경험한 적은 없지만

이야기를 따라가다 보면
지난날 평범하지만
너무나 특별했던
'나의 하루'가 떠오를 겁니다.

영원하지 않았던
한번뿐인
지난 시간이.

마음껏 그리워하고 추억하면서
그동안 잃어버린 나를 찾게 되기를 바랍니다.

나를 찾게 되면
앞으로 살고 싶은 모습도
가슴에 품게 될 것입니다.

그리고 다시 현재로 돌아왔을 때는
주어진 일상에 소중함을 느낄 수 있을 겁니다.

사랑하는 사람을 더 사랑하게 되고

미웠던 사람을 용서하기로 마음먹고

함께 걷는 이의 손을 더 꽉 잡고

오랫동안 보지 못한 이를 찾아가고

시간이 나면 자주 가던 카페에 앉아

나의 의미 없다고 생각한 시간을
더욱 사랑하게 될 것입니다.

나의 오늘을
아주 멀리 떠나보내기 전에
더 사랑할 수 있게 되기를 바랍니다.

불안할 수밖에 없었던 날들 속에서,

애썼던 지난날을 조금 더
따뜻하게 바라보며.

한번뿐인 하루를 가장 소중히 대하며.

목차

처음 꺼내는 말

1부 모든 건 지나가는 길

2부 　　보통의 행복

3부   오늘의 온도

1부
—

모든 건 지나가는 길

행복한 순간을 기억하고
좋은 날을 향해 걷는다

계절을 지나고 있는 당신에게

얼마 전 오래된
복도식 아파트로 이사했습니다.

파주의 작은 마을에서
4년 정도 조용히 글을 쓰면서
제 시간을 충분히 보낸 후였습니다.

마을에서 지낼 당시 그 시간이 좋아
이대로 영원히 살아도 좋겠다는
생각을 하기도 했습니다.

하지만 시간이 갈수록
무기력이 찾아왔습니다.

그래서 나를 찾고 싶어
오래 걷고 사색하며
책에 담을 생각을 정리하며
그렇게 한 해 한 해 흘러
5년이 지났습니다.

시간은
어떤 마음이든
결국 흘려보냅니다.

그동안 어떤 책은 운이 좋게
기대보다 좋은 성적을 내기도 하고
어떤 책은 기대와 다르게
빠르게 잊히기도 했습니다.

점점 나를 찾는 사람이 많아지고
일이라고 생각한 일은 더 잘 되었지만
어느 날 찾아온 무기력은 피할 수 없었습니다.

무기력이 찾아온 이유는
그동안의 인생이 쉬워서
일이 순조로워서

위기가 없어서
반대로 너무 바쁘고 힘들어서
무언가 부족해서도 아니었습니다.

충분히 여러 가지 말로 표현할 수 있겠지만
그냥 그런 시간이 찾아왔습니다.

그래서 장소를 바꿔
새로운 곳에서
일상의 작은 것들을 돌아봐야겠다는
생각을 했습니다.

이를테면 오늘의 날씨는 어떤지
오늘의 내 마음은 어떤지
자주 만나는 사람들의 표정은 어떤지
어제보다 화분은 얼마나 더 자랐는지
기분 좋은 커피의 온도는 어떤 것인지

특별한 의미나, 목표, 방향을 떠나서
일상을 돌아보고 가꿔보기로 했습니다.

이곳은 제가 지내던 곳과 달리 사람이 많습니다.

아침에는 출근하는 사람으로 북적이고
저녁이면 자전거를 타고 퇴근하는 사람들
주말에는 하나둘 산책로에 나와 계절을 납니다.

평화로워 보이지만 각자의 자리에서
자신만의 전쟁을 하고 있을 것입니다.

쉬운 인생은 없으니까요.

당신은 요즘 어떤가요?

저와 비슷한 시간을 보내고 계신가요?
아니면 또 다른 힘든 시간을 보내고 계신가요?

너무 걱정하지 마시길 바랍니다.

언제나 그렇듯,

시간은
어떤 마음이든
결국 흘러보낼 테니까요.

자신만의 계절을 지나고 있는 당신에게
오늘 저녁이 되면
기분 좋은 생각과 편안한 마음이
함께 찾아오면 좋겠습니다.

● ((

중요한 걸 잃어버리신 않았나요?

저는 중요하다고 생각하는 일에
한번 빠지면 몇 날 며칠을 생각합니다.

어젯밤에는 맥주를 사러 갔다가
생각에 잠긴 채 걷고 있는데
꼬마가 다가와 말했습니다.

"213동이 어디예요?"

저도 이사 온 지 얼마 안 되었고
대단지여서 213동을 본 적도 없거니와
늦은 저녁이라 벽에 붙은 숫자도

잘 보이지 않았습니다.

우선 걱정되는 마음으로
거기가 집이냐고 물으니
친구 집에서 자기로 했다는 것입니다.

그래서 잠시 기다리라고 한 뒤,
한참을 뛰며 동을 찾았습니다.

어찌어찌 찾은 후,
꼬마를 앞까지 데려다주고는
친구와 무사히 만나서 들어가는 것을 보고
발길을 돌려서 왔습니다.

그리고 집에 들어와 생각했습니다.

어쩌면 내가 '지금 중요하게 생각하는 것'보다
중요한 게 훨씬 많을지 모른다고요.

현재 중요하다는 생각을 금세 미뤄두고
꼬마의 길을 찾아준 걸 보면.

일상을 잃어버리지 않게
중요하다고 믿는 생각에 너무 오래
빠지지 말아야겠습니다.

그래서 그날,
어머니께 전화드렸습니다.

어머니가 받으십니다.

밥은 먹었냐고 물어보십니다.

매번 같은 질문입니다.

어머니는 제가 밥을 먹는 게
그렇게 중요한가 봅니다.

저는 제 앞에 놓인
인생만 중요하게 생각하느라
어머니에게 자주 묻지 못했는데 말입니다.

저도 어릴 때,
길을 잃어버린 적이 있습니다.

외갓집에 가는 청주버스터미널에서
어머니 손을 잡고 있다 놓쳤습니다.

너무 무서워 울지도 못하고
눈물만 글썽이고 있는데

어떤 아저씨가 다가오시더니
슈퍼에 데려가 좋아하는 과자를 고르라고 하셨고
울면서 큰 막대 사탕을 집어 나오니
사탕을 다 먹는 동안
어머니가 데리러 오실 거라 말씀하시며
저를 근처 경찰서에 데려다주셨습니다.

10분 정도 지나자 어머니가 울면서 오셨습니다.

저도 모르게 더 크게 울었습니다.
그날 이후로는 어머니 손을 꼭 잡고 다녔습니다.

저는 어릴 때부터 생각이 많았습니다.
혼자 가만히 앉아서 생각하기도 하고
상상하는 걸 좋아했습니다.

그럴 때면 어머니는 저에게
자주 말씀하셨습니다.

"동혁아, 생각 너무 많이 하지 마.
길 잃어버려."

커서 생각해보니 맞습니다.

생각이 많은 건
글을 쓰는 일에 분명 도움 되지만

생각이 너무 많다 보면
인생의 중요한 순간을
잃어버리게 되기도 합니다.

가끔은 생각에서 벗어나
잃어버린 건 없는지 살펴봐야겠습니다.

❋

혹시 중요한 걸 잃어버리진 않으셨나요?

내가 하는 일이
나를 외롭게 할 때가 있습니다

제가 이사한 곳은 개포동입니다.
코엑스까지 걸어가면 40분 정도 소요됩니다.
얼마 전 걸어서 다녀왔습니다.

20대 때 별마당도서관에서
2회 정도 강연을 한 적이 있습니다.

그때는 책으로 둘러싸인 큰 공간인데다가
많은 사람 앞에 서서 벅차고 떨렸는데
5년이 지나고 부담감 없이 가니
사람들이 먼저 눈에 들어왔습니다.

데이트 온 연인부터
공부하는 학생
잠시 구경 온 사람들
연배가 높은 어르신까지

그리고 제 모습도 보였습니다.
사람들과 제 모습이 달라 보였습니다.
저는 저를 뭐라고 규정하기가 어려웠습니다.

책을 보러 온 것도 아니고
누군가와 시간을 보내러 온 것도 아니며
공간을 보러 온 것도 아닌
그냥 걷다 보니 이곳에 도착했고
예전 기억이 났습니다.

그때의 이야기를 당장 나눌 사람이 없다는 게
조금은 외롭기도 했습니다.

강연 날도 그랬습니다.
강연이 끝나고
식당을 찾다가 시간이 늦어
기차를 타고 급하게 집에 내려가

새벽밥을 먹은 기억이 납니다.

'내가 하는 일이 나를 외롭게 할 때가 있습니다.'

내 일을 하다 보면 어려운 순간도
혼자 해내야 할 때가 있습니다.

그러다 보면 일상을
행복하게 살아가는 사람들과
내가 달라 보입니다.

아마 나는 지쳐서
그들처럼 웃음이 나지 않아
당장은 행복하지 않거나
바쁜 시간을 지나오느라
조금은 다른 모습일 수 있습니다.

하루 동안 겪은 힘든 이야기를
누군가에게 다 말할 수도 없고
말한다고 해도 전부 공감하지는 못합니다.

오롯이 내가 겪은 일이기 때문입니다.

그럴 때는 조금 외로워집니다.

돌아올 때는 버스를 탔습니다.

버스에 사람이 많습니다.
저마다 가는 곳은 달라도
하루를 무사히 잘 보냈다는
안도의 표정을 보며
작은 공감을 하고 안도를 느끼며
나의 하루를 마무리합니다.

외로운 순간도 있겠지만
하루를 잘 마무리하시길 바랍니다.

살면서 우연찮게 만나는 사람들에게
위로도 받고 내일을 더 잘 살고 싶다는
용기도 얻습니다.

인생을 바꾼 10만 원짜리 용기

나는 30대 중반이다.
특별히 나이가 많거나
적다고 생각하지는 않는다.

다만 앞으로 하고 싶은 일과
해야 할 일을 생각하다 보면
조급한 마음이 들기도 한다.

이를테면 몇 살까지는 무엇을 해야 하고
몇 살까지는 어떤 것을 하고 싶고
그럼 지금의 나는 계획대로 잘살고 있는지.

그러한 생각을 하다 보면
자연스럽게 과거의 시간을 돌아보게 된다.

7년 전 나는 늦깎이 대학생이었다.

당시 늦었다는 생각에 열심히 공부하며
주변 사람들과도 잘 어울리지 않았다.

그리고 최대한 빨리 취업을 하려고 했다.
그러다 유명 카피라이터의
카피를 보게 되었고
홀린 듯 문장의 매력에 빠졌다.

하루 일과가 끝나고 좋아하는 문장을 쓰는 것이
유일한 낙이었고 나름의 재능이 있었는지
보기에 좋은 문장도 써졌다.

그렇게 무작정 카피라이터가 되기로 마음먹고
여러 공모전에 도전했지만 모두 떨어졌다.

가끔 그런 생각을 했다.

글을 쓰는 일을 직업으로 삼을 수 있으면
얼마나 행복할까?

그래서 낮에는 공부하고
저녁에는 아르바이트를 한 뒤
늦은 밤에는 글을 썼다.

그러다 일 년이 지나
우연히 하나의 공모전에 당선되었고
문화상품권 10만 원을 받았다.

글을 써서 낸 첫 수입이었다.

만약 지금보다 10배 더 열심히 한다면
어쩌면 생계가 가능할지도 모른다고 생각했다.

그래서 그때 처음으로
글 쓰는 일을 직업으로 삼아야겠다고 생각했다.

7년이 지나 지금은 감사하게도
글을 쓰는 일을 하고 있다.

지난날 나의 재능이 무엇인지 생각해본다면
좋아하는 일을 하고 싶다는
간절한 마음이었던 것 같다.

만약 10년만 더 젊었다면
10년이란 시간이 있기에
정말 아무것도 무서워하지 않고
무엇이든 열정을 갖고 도전해 볼 것이다.

하지만 지금 이 생각을 10년 뒤에 또 하겠지.

그러니 꼭 하고 싶은 것을 미루지 말아야겠다는
생각이 든다.

시간이 지나 10년 전의 나를 생각했을 때
조금은 덜 두려워했고
망설이는 데 시간을 많이 쓰지 않았고
꼭 하고 싶은 것을 도전했던 날로
기억할 수 있게.

7년 전 문화상품권 10만 원을 받고
인생을 걸고 도전했던 그날처럼.

슬럼프

어릴 적 중고등부 태권도 선수 생활을 했다.
당시에 노력한 만큼 결과가 온다고 믿었다.

하루라도 쉬면 몸은 굳고
체력 훈련을 하지 않으면 쉽게 지치고
남들보다 더 노력하지 않으면
움직임을 따라갈 수 없었다.
그래서 열심히 운동했던 기억이 있다.

단체 훈련이 끝나면
혼자 산에 올라 개인 훈련을 하고
자전거 대리점에서 튜브를 구해

다리에 묶은 뒤 하체 운동을 하는 등
뒤처지지 않으려고 노력했다.
(지금의 나로서는 상상도 할 수 없는 일이다)

그렇게 할 수 있었던 건
노력한 만큼 반드시 결과가 돌아온다고
믿었기 때문이다.

그러나 매번 시합에 나가
좋은 성적을 거두지 못하면서
운동을 그만두게 되었다.

그리고 사회에 나와 운동할 때의 집념으로
잘하고 싶은 또 다른 일을 찾아
열심히 했지만
좋은 결과를 내지 못했고
꾸준히 하지 못했다.

그러나 이제는 제법 한 가지 일을
꽤 오래 하게 되면서 지난날 노력했지만
오래 이어가지 못하고
왜 그만둘 수밖에 없었는지를 생각해본다.

열심히 하다 보면
자신만의 벽을 만나게 되고
그 벽을 넘지 못하게 될 때
슬럼프가 찾아온다.

잘하고 싶고 좋아했던 일이
어느새 나를 가장 힘들게 하는 일로
바뀌는 것이다.

그건 삶의 모든 부분에서 온다.

좋았던 사랑에
좋았던 일에
좋았던 취미에
좋았던 사람에게서도

슬럼프가 오는 이유는
노력을 하지 않아서가 아니다.
반대로 너무 많이 노력했기 때문이다.

잘하고자 하는 마음이 클수록
그 일을 마주하는 게 점점 힘들어진다.

늘 잘해야 한다는 생각에
상황이 안 좋아지면
부정적인 마음이 더 크게 들고
그 마음을 지나가기가 쉽지 않아
어려운 마음이 된다.

이러한 상황이 반복되면
어느새 가장 좋아했던 일이
나를 가장 힘들게 하는 일이 되어 있다.

지금까지 통틀어
내가 가장 오래 한 일은 글쓰기다.

계속 글을 쓸 수 있었던 이유는
매 순간을 잘했기 때문이 아니다.
잘하지 못한 순간을 잘 넘겼기 때문이다.

계속 나아가기 위해서는 아무리 최선을 다해도
항상 잘할 수는 없다는 걸 받아들여야 한다.

앞으로 잘하지 못한 순간이 더 많을 것이다.

그걸 자주 깨닫게 되는 건
슬픈 일이기도 하지만
성장하기 위해서는
계속해 나아가야 한다.

그러한 이유로 멈춘다면
결국 원하는 순간을 만날 수 없다.

관계도
사랑도
일도
그 무엇도

실수와 실패를 지나쳐 나아가야 한다.

지금 무엇이 당신을 힘들게 하는가?

당신에게 슬럼프가 찾아왔는가?

삶에서 가장 힘든 순간은
나를 기쁘게 했던 것이
나를 힘들게 하는 순간이다.

열정을 쏟은 만큼 아쉬운 마음도 커지기에.

좌절을 이기는 건 더 잘 해내는 것이 아니라
더 잘하지 못한 나를 데리고
다시 넘을 수 있는 허들을 넘으며
계속 나아가 원하는 도착지로
나를 데려가는 게 아닐까 생각해본다.

✳

다짐

누구나 다짐한다.

그러나 그 다짐을 매번 다 지키지는 못한다.

매번 다 지키지 못해도 괜찮다.

중요한 건

다짐하는 순간이다.

잘 하고자 다짐하는 순간

다시 한번

일어날 기회가 생긴다.

용기가 완전히 사라진 것은 아니다

살다 보면 웃는 것에도
용기가 필요하다.

나를 돌아보는 것에도
용기가 필요하다.

부족함을 인정하는 데도
용기가 필요하다.

시간을 되돌릴 수 없다는 걸 아는 데도
용기가 필요하다.

인생을 가꾸기 위해서는
용기가 필요하다.

잠시 용기가 나지 않을 수도 있다.

그렇다고
내 안에 용기가
사라진 것은 아니다.

다만 용기 내기 힘든 것이다.

모든 것에 용기 낼 수 없는 것도
받아들여야 할 사실이다.

하지만

정말 이겨내고 싶은 일이라면
'나'는 물러서지 않고
반드시 용기 낼 것이다.

그러니 두려울 때는
나를 믿어야 한다.

용기 날 때까지.

정말 이겨내고 싶은 일이라면
나는 반드시 용기 낼 것이다.

중간의 마음

3년 전, 『지쳤거나 좋아하는 게 없거나』 도서가
종합 베스트셀러 1위에 올랐다.

기적 같은 일이 생긴 것이다.

내 실력이라고 생각하지는 않는다.
정말 운이 좋았고 그 운이 잠시 내게 왔다.

그러나 그 후로 큰 무기력함이 찾아왔다.

더 이상 이룰 목표가 없어서가 아니었다.
목표를 이룬 행복이 생각보다

너무 짧게 느껴졌기 때문이었다.

마음속으로 상상하던 목표를 이루면
모든 것이 행복할 것 같았는데
그렇지 않았다.

지난 시간을 돌아보면
여러 힘든 일도 있었다.

옷 장사를 할 당시
아르바이트하는 곳과 사무실이 멀어
몇 번씩 대학병원 화장실에서
밤을 지새운 일.

서울 한복판에서 절을 한 일.
(자세한 이야기는
『지쳤거나 좋아하는 게 없거나』에 담겨 있다)

5년 전 처음 긴 글을 쓰기 위해
일 년간 하루에 한 권씩 책을
읽기 위해 노력한 일.

글배우서재 운영 당시
200평 저택의 인테리어를
혼자 밤새워가며 3개월간 직접 한 일.

다 적는다면 페이지를 가득 채울 만큼 많지만
모두 간절한 목표를 위해 한 일이었다.

그날의 최선이 언젠가는
더 좋은 날로 돌아온다고 믿었다.

열심히 달려온 마음에
무기력이 찾아온 이유를 알게 되었다.

나는 이제
중간의 마음을 좇는다.

나에게 상처를 내며
목표로 가지 않기 위해 노력한다.

나를 지키며
목표로 가기 위해 노력한다.

현재를 버리고
목표에 더 큰 가치를 두지 않는다.

현재의 평온함을 지키면서
해야 할 일에 최선을 다하기 위해 노력한다.

전부를 걸지 않는다.
돌아갈 곳을 남겨 놓는다.

아픈 길을 계속 가지 않는다.
아픈 마음을 돌보기도 한다.

부족함을 받아들이기 위해 노력한다.
그리고 잘하는 것을
조금 더 키워나가기 위해 고민한다.

이것이 중간의 마음으로 가기 위한
나의 노력이다.

중간의 온도
삶의 적정 온도
마음이 무너지지 않는 온도

그럼 당장은 목표만 바라보던
예전보다는
잘할 수 없을지도 모르지만
잘하고 못하고보다
중요한 게 있다는 생각이 들었다.

그건 지금을
조금 더 '나와 맞게' 사는 것이다.

나와 맞는 것들을 찾아
현재를 불행하게 만들지 않는 선에서
삶을 만들어가는 것.

그것이 누군가는 모든 걸 건
목표만을 향한 도전일 수도 있고

누군가는 깊게
자신을 돌아보는 것일 수 있고

누군가는 일상을 지키며
살아가는 것일 수 있다.

사람마다,
현재 불행을 느끼는 상황이 다르니
나에게 맞는 속도도 다르다.

빨리만 가려는 마음에
나의 속도와 나다움을 잃어버릴 때
무기력이 찾아온다.

속도를 잃어버린 것 같아
무기력이 찾아왔다면
지쳤거나 좋아하는 게 없는 상태일지 모른다.

그럴 때는 당신도 중간의 마음을 찾아
살아보기를 추천한다.

'중간의 마음은
삶을 다시 중심 잡게 한다.'

소중했던 것들

파주에 작업실이 있다.
서울로 이사 오면서 공간을 정리하지 않고
그대로 두고 왔다.

얼마나 다시 올 일이 있을까 하는
생각이 들면서
새로운 곳에 이사 왔으니
빨리 적응해야겠다고 생각했다.

바쁘게 지냈지만 작업실이 종종 생각났다.

작업실에서 지낼 때는

봄에는 작은 개울가에 앉아 헤드셋을 끼고
좋아하는 음악을 들으며 한참을 앉아 있고
여름에는 자전거로 시골길을 달리고
가을에는 선선한 바람을 맞으며 커피를 마시며
겨울에는 차가운 밤하늘 아래 모닥불을 피우고
쏟아지는 별을 보기도 했다.

지난 시간을 뒤로하고
새로운 곳으로 떠날 때는
설렘도 있지만 걱정도 앞선다.

그건 지금 있던 곳보다
새로운 곳이 나를 더 행복하게
해주지 못할까 하는 걱정이다.

하지만 계속 이곳에 머물 수는 없었다.
새롭게 하고 싶은 일이 있었고
어려워도 익숙한 환경을 바꿔야 했다.

그리고 새로운 곳에 점차 적응해나갈 때쯤
휴식을 가질 겸 두 달 만에
다시 작업실에 돌아왔다.

돌아오니 먼지가 쌓여 있었고
의자, 가구, 미처 치우지 못한 어질러진 짐이
그대로 있었다.
모든 것이 친숙하게 느껴졌다.

긴 여행을 끝내고
집에 돌아온 느낌이었다.

저마다 마음의 집은 누구에게나 있다.

그곳은 태어나고 자란 곳일 수도 있고
그게 아니어도
편안한 마음으로 숨 쉬는 공간이며
밖에서 옭아매었던
긴장을 놓게 되는 장소이다.

그곳이 익숙한 편안함으로
나를 감싸주기 때문이다.

마음이 편한 공간은 크기와 상관없이
상처를 치유한다.

그러나 익숙한 곳에 오래 머물면
소중함이 잘 느껴지지 않는다.

추억은 점점 쌓여가지만
추억이 일상이 되어
특별하게 느껴지지 않는다.

사람도 마찬가지다.
머리로는 익숙한 사람을
소중하게 대해야 하는 걸 알지만

매번 특별하게 대하기는 어려워
편한 모습을 찾게 되고
특별함이 사라지며
노력하는 마음이 줄어들고
나를 이해해주길 바라는 마음이 커진다.

그러나 그렇게 한 번씩
사람과 공간을 떠나고 나면
그 시간이 얼마나 고마웠는지
소중함을 알게 된다.

하지만 소중했던 것과
완전히 이별하게 되면 큰 상실감이 찾아온다.

상실감은 그리움과 미안함이다.
함께하는 동안 충분히 소중히 대하지 못한 마음.

인생은 그런 후회가 쌓여
현재 주어진 것들에
감사한 마음을 갖게 한다.

이른 새벽
동트는 푸르스름함에
신기함을 보고

계절의 변화를 웃으며 반기고

익숙한 공간을 가꾸고 정리하며
중요하다고 생각하는 마음을 유지한다.

편안한 사람이 있다면
더욱 소중히 대하기 위해 노력하며

익숙한 하루를
가능한 부정적인 마음으로
떠나보내지 않기 위해 노력한다.

그것이 익숙하지만 소중한 것을
지키는 방법일지 모른다.

내일은 오전에
작업실 근처 이웃 할머니 집에 찾아가
커피를 마시기로 했다.
집 앞을 지나시며 "글배우!"라고 외치면
나는 쓰던 글을 멈추고 내려가 인사를 나눴다.

앞만 보고 달려가던 나에게
일상의 소중함을 깨닫게 해준 목소리였다.

좋아하는 멜로디를 놓치지 않기 위해

20대 때 고시원에서 지냈던 적이 있다.
당시 기억으로 창문 없는 방이
5만 원 정도 저렴해 그곳에서 지냈다.

아침부터 새벽까지
여러 일을 하고 들어와
마음 편히 있을 공간이
없다고 느낄 때
작은 방만큼 아늑한 곳도 없었다.

당시에 산책을 좋아했지만
주변에 산책로는 없었고
술집이 많았다.

고시원이 번화가 골목 안에 있었기 때문이다.

그러다 보니 자연스레 듣고 싶지 않은 소리를
들어야 할 때도 있었다.

술에 취해 크게 목청을 높이는 소리
길에서 연인이 싸우는 소리
자동차 경적소리

그럼 귀마개를 하고 잤다.

푹 자야
내일 또 같은 일상을
반복할 수 있기에.

같은 일상을 반복할 체력이 사라지면
세상으로부터 나를 지켜내는 게
더욱 버거워지기에.

눈을 감고 귀를 막고 잔다.

자고 일어나면 똑같은 현실이 존재했다.

밥은 고시원에서 제공해 주었다.
밥솥의 마지막 밥을 푸는 사람이
밥을 해놓는 규칙이 있었는데
늘 내가 당첨되었다.
(타이밍이 항상 문제다)

열심히 돈을 모아 원하는 사업에
재기를 꿈꿨지만 잘되지 않았다.

생각해보면 그때 나를 가장 힘들게 한 건
작은 방과 맛없는 반찬이 아니었다.
하고자 하는 일을
'잘 해내야 한다는 압박감'이었다.

아이러니하게도
힘든 시간을 버틸 수 있게 한 것도
'잘 해내고 싶은 마음'이었다.

어쩌면 인생에서 가장 무거운 마음은
잘 해내고 싶은 마음일지 모른다.
그 마음을 원하는 만큼
높이 들어 올리기 위해 고군분투하지만

시간이 지나 점점 힘이 빠지면서
마음은 무겁게 느껴진다.

혼자 일어서야 할 때는 외부의 소리가 아닌
마음속의 앞으로 이루고자 하는 목표와
그에 따른 생각들이 어려움을 헤쳐 나가는 데
도움을 주었다.

요즘은 노이즈 캔슬링이 되는 헤드셋이 나온다.
외부 소리를 차단하고
듣고 싶은 소리만 들을 수 있다.

하지만 현실은 결코
듣고 싶은 소리만 들을 수 없다.

혼자만의 공간에 들어가기 전까지
듣기 싫은 소리도 들려오고
마음을 흔드는 소리도 들리고
기대와는 다른 소리도 들려온다.

그럴 때는 잠시 귀를 막는다.

그리고 하고자 하는 것에 집중한다.
명확한 목표와 그에 따른 필요한 생각에.

소리에 반응하지 않기 위해.
소리에 삶이 흔들리지 않기 위해.
좋아하는 멜로디를 놓치지 않기 위해.

마음에 담아 두지 않는 소리는 허공에 사라진다.

성실하다는 건

새벽 5시가 되면
부스럭거리는 소리와 함께
아버지가 출근하셨다.

정말 그 시간에도
할 일이 있는지
졸리지는 않는지
춥지는 않은지

어릴 적에는 그러한 생각을 하며
다시 따뜻한 이불 속으로
몸을 파고들어 가 잠이 들었다.

아버지는 작은 태권도장을 운영하셨다.

늘 이른 아침에 체육관에
제일 먼저 나가 문을 열고
가장 늦게 퇴근하셨다.

일을 미루는 경우가 없었고
작은 일에도 최선을 다하셨다.

나는 삼 형제 중 유일하게
아버지를 따라 운동을 했고
고등학생까지 선수 생활을 했다.
그러다 고2 때 급작스럽게 찾아온
허리디스크로 수술을 해야 했고
운동을 그만두게 되었다.

뒤늦게 수능을 준비했다.
늦게 시작한 공부가 쉬울 리 없었다.

늦은 만큼 열심히 한다고 했지만
성적은 잘 오르지 않았다.

간절한 마음으로 10점이라도
더 올리기 위해 한 일은
학교에 가장 일찍 도착하고
독서실에 가장 늦게까지 남아
공부하는 거였다.

그때 결국 원하는 성적을
얻지 못해 좌절했지만

스스로에 대한 만족감이
인생의 성적이라면
인생은 언제든 바뀔 수 있고,
중요한 건 쉽게 좌절하지 않는 것이라는 걸
이제는 잘 알기에
무슨 일에도 쉽게 좌절하지 않으려 한다.

요 며칠 기한 내 원고를 쓰느라
잠을 제대로 못 잤다.

그러면서 자연스레 이른 아침과
늦은 밤을 맞게 된다.

어릴 때는 이해가 되지 않았던
매일 아침을 일찍 시작한
아버지가 떠오른다.

아버지의 그런 모습을
현실적인 이유에서 생각해보면
그렇게 하지 않으면 안 됐을 것이다.

남들보다 조금 더 부지런하고 성실했던 것은
아버지가 지키고자 했던 것을 지켜내는
방식이었을 것이다.

어른이 돼서 나는 책상 불을 늦게까지
켜 놓아야 하는 순간이 많았다.

그것은 어느 날은 내 의지이기도 했으며
또 어느 날은 의지와 상관없이
어쩔 수 없이 해야만 하는 일이기도 했다.

그것은 내가 지키고 싶은 것을
지켜내는 방식이었다.

성실하다는 건

무언가를 지켜내기 위해

노력을 멈추지 않는다는 게 아닐까.

당신의 정성에
박수를 보냅니다

파주 지혜의 숲에서 진행한
심야 독서 프로그램에서
강연한 적이 있습니다.

오래전이라 정확히 기억나지는 않지만
밤 12시쯤 시작하는 늦은 강연이어서
그날 부산 일정을 끝내고 올라갔습니다.

그런데 출발할 때쯤
하늘에 구멍이라도 난 듯
갑자기 장대비가 쏟아졌습니다.

늦은 밤 비를 뚫고 도착한 지혜의 숲은
너무나 멋진 공간이었습니다.
고요한 출판 단지 속에 자리 잡은 그곳의 내부는
천장까지 솟은 책장으로 가득 채워져
수많은 문장의 숲이 펼쳐졌습니다.

오래되었지만 잘 유지된 것에는
'잘 해내고자 했던 정성과 진심'이 느껴져
감동을 줍니다.

자정이 넘은 시간까지 사람들이 모여
책을 읽는 모습이 인상 깊었습니다.
외부와 소통을 멈춘 채
만나고 싶은 세계에 깊이 빠져든 듯했습니다.

좋아하는 책을 읽다 보면
두 가지 즐거움을 발견하게 됩니다.
좋아하는 글을 읽는 즐거움과
몸은 이곳에 있지만
마음은 작가가 써 놓은 세계에 들어가
쓰는 이와 읽는 이가
함께 생각을 나누는 즐거움입니다.

강연에는 다양한 연령의 사람들이 참석했고
빗소리는 마음을 편안하게 해주는 운율이 되어 주어
강연을 무사히 마칠 수 있었습니다.

지혜의 숲 안에는 지지향이란 숙소가 있어
그곳을 이용했습니다.
고요한 방 안에 빗소리가 들리며
감촉 좋은 나무 바닥과 나무 책상이
공간의 무게감을 더해주어 안정감을 주었습니다.

전국 이곳저곳을 다니며 강연했고
모르는 사람 앞에 서는 무대는
매번 긴장되었습니다.

그래서 강연장을 나와 뒤돌아보면
후회되는 순간도 많았습니다.

이처럼 모든 순간이 처음이기에
매번 능숙하게 해내기 어려울 때가 있습니다.

꼭 필요했던 답을 시간이 지나서
알게 되는 경우도 많습니다.

그런 날에는 속상함이 몰려오지만
하루하루 열심히 살아가다 보면
성장의 시간도 만나게 됩니다.

저 역시도 그랬습니다.
처음에는 한 달에 한 곳 정도만 강연을 했지만
3년 차에 접어들면서
많게는 한 달에 30곳 이상 강연을 하기도 했습니다.

강연이 끝나고 박수를 받을 때면
그동안 고생한 마음에 위로가 되었습니다.

인생은 잘하지 못했다고
박수받지 못하는 것이 아닙니다.

우리가 진심으로 박수를 보내고 싶은 사람은
오랫동안 진심이 담긴 마음과
정성을 보여준 사람입니다.

하루 종일 삶의 무대에서 최선을 다하며
크고 작은 불안을 뒤로하고
타인에게 다정하며

나에게 당당하기 위해 노력한
오늘의 당신의 정성에 박수를 보냅니다.

시작을 앞두고 있다면

대학 전공을 체육교육학과로 선택하려 했지만
아쉽게도 시험에 떨어졌다.

원래 태권도 선수를 꿈꿨지만
허리디스크로 운동을 그만두게 되며
앞으로 무엇을 해야 할지를 고민하던 중에
준비한 시험이었다.

떨어진 이유는
남들보다 늦게 준비한 것도 있지만
노력이 부족했을 것이다.

어릴 때부터 운동을 시작했고
10년 이상 해왔기에
운동으로 진로를 선택하지 않고
사회로 나오는 모습은 상상할 수 없었다.

그건 마치 수영을 할 줄 모르는 사람이
헤엄을 쳐 바다를 건너가야 하는 일처럼
막막하게 느껴졌다.

디스크 수술을 했을 당시
태권도를 그만두게 된 사실에
가족과 주위 사람들 모두 걱정했다.

오랫동안 시간을 쏟은 일을 그만두면
앞으로 무얼 할 수 있을까 하는 걱정이었다.

새로 마음을 정착할 일을 찾을 수 있을까.
앞으로 잘할 수 있는 일이 있을까.

그때는 좌절했었다.

어떤 순간은 아무리 좋게 생각해도

괜찮다고 넘길 수 없는 순간이 존재하니까.

하지만 15년이 지난 지금은
전혀 다른 꿈을 좇으며
글을 쓰는 일을 업으로 살아가고 있다.

작가가 된 후에는
강연에서 새로운 시작을 앞둔 사람들을
만나기도 했다.

오랫동안 함께한 것과 이별하고
새로 시작한다는 건 결코 쉬운 일이 아니다.

그건, 가장 좋아했던 삶의 일부를 떼어낸 뒤
다시 괜찮아질 수 있는 일들로
마음을 채워야 하는 어려운 일이다.

알 수 없는 미래에 대한 생각은
마음을 무겁게 한다.

만약 지금 새로운 시작 앞에 서 있다면

새로운 바람이 불어온 것이다.
새로운 방향으로 나아가야 할 것이다.
예기치 못한 바람에 흔들릴 수도 있다.

하지만 바람을 지나면서 생각해본다.

삶을 지나고 보면
어느 한곳도 도착지가 아니다.

행복하지 않은 일을 떠나오는 일이거나
행복했던 일을 가슴에 담는 일이다.

지금 어디에 있든 앞으로 가야 할 도착지가
행복인 것은 여전히 변함없다.

새로운 햇살 아래
새로운 행복을 만들어가자.

열심히 사는 이유

고등학생 때 모 브랜드의 옷이 유행했다.

시험이 끝나면 친구들은 시내로 나가
맛있는 저녁을 사 먹고 옷을 샀다.

하지만 나는 선뜻 살 수 없었다.
반팔 티 하나에 8~9만 원 정도 하는
옷을 살 형편이 되지 않았다.

옷을 사지 못하고
친구들을 따라다니며
모은 용돈으로
밥만 먹고 들어왔다.

그러나 다양한 색상의 옷을 구경하고
친구들이 사는 것을 보는 것만으로도
매일 똑같은 일상의 풍경을 벗어나는
즐거움이었다.

나는 주로 세 살 터울인 형의 옷을 물려 입거나
몇 해가 지난 옷을 입었다.
부모님도 한번도 좋은 옷을 입거나
좋은 브랜드의 옷을 입는 걸 본 적이 없다.

스무 살 때 옷 장사를 하면서
입고 싶은 옷을 실컷 입게 되었다.

사업 초창기에는
사업을 한다고 자랑스럽게
여기저기 말하고 다녔지만
사실 별로 열심히 하지 않았다.

'어떻게 하면 옷을 잘 팔 것인가'보다,
'오늘은 어떤 옷을 입을까'를 더 많이 생각했다.
거울을 보며 화려해 보이는
내 모습에 만족했다.

그러나 어머니는 그때도 거의 매일
같은 옷과 같은 신발을 신었다.

'어머니도 예쁜 옷을 입고 싶을 텐데.'라는
생각이 잠시 들 뿐 나는 변하지 않았다.

그리고 첫 번째 사업이 실패하고
비로소 나는 변했다.

그 후로 집에서 독립해 나왔고
사무실에서 먹고 자며 생활했다.

가끔 집에 가도 어머니 아버지 옷은
크게 달라져 있지 않았다.

그때 열심히 살아야겠다고 생각했다.

부모님께 원단이 좋아 입으면 자연스럽게
고급스러운 분위기를 내는 멋진 옷을,
겨울에는 몸을 따뜻하게 해줘 춥지 않은 옷을,
발에는 편한 신발을 신겨드리고 싶었다.

시간이 흘러 옷을 사드릴 수 있었고

그 후로도 살다 보면
열심히 살아야 할 또 다른 이유가 찾아오기도 하고
스스로 이유를 찾아내 살아가야 할 때도 있었다.

당신이 열심히 사는 이유는 무엇인가?

무엇이 당신을 어려운 상황에서 물러서지 않게 하는가?

그 이유가 내 삶에서 가장 소중한 것이어서 그렇다.

지키고 싶은 것을 지키는 사람은
홀로 밤하늘에 떠 있는 별처럼
어둠에 물러서지 않고
자신의 어둠을 밝히는 사람이다.

반짝이는 마음을 따라 걸으세요

가만히 있어도 마음이 편안하다면
평온한 날을 보내고 있는 것입니다.

좋은 생각이 자주 떠오른다면
나와 맞는 시간을 살아가고 있는 것입니다.

작은 일에도 분노가 일어난다면
사람들에게 더 이상 상처받고 싶지 않은 것입니다.

포기하고 싶은 마음이 든다면
그 일이 나의 자존감을 계속 낮춰서 그렇습니다.

인생에 답은 결코 하나가 아닙니다.

실패했던 일도 생각해보면
새로운 길로 가는 길목이 될 수 있습니다.

밤하늘에 무수히 많은 별이 있는 것처럼
인생에는 무수히 많은 길이 있습니다.

하나의 길이 틀렸다고
너무 오래 괴로워하지 마세요.

나아가도 되는
무수히 많은 길을 걸어가세요.

반짝이는
마음을 따라 걸으세요.

✳

밤하늘을 올려다보면
가장 밝게 빛나는 별 하나가
있습니다.

그 별은 언제나 내 편이어서
나를 향해 가장 밝게 빛납니다.

혼자가 아닙니다.
내 편이 있습니다.

그러니 마음이 어두울 때는
반짝이는 마음을 따라 걸으세요.

마음이 원하는 길이
앞으로 살고 싶은 인생으로
나를 데려다 줄 겁니다.

결과보다 중요했던 노력

20대에 의류 쇼핑몰을 운영한 적이 있다.
10년도 더 전의 일이다.

사업이 잘되지 않아 아르바이트를 병행했다.

바쁜 일상은 쳇바퀴처럼 돌아갔다.

열심히 하지만
결과는 없고
다시 열심히 하지만
결과는 없고
그렇게 하루하루 버티다 보면

언젠가 나아지지 않을까 하는 생각을 했다.

하지만 현실이 힘들다고
미래가 보장되는 건 아니라는 사실쯤은
알고 있었다.

그렇다고 지금 노력을 유지하지 않으면
머물 수 있는 쳇바퀴마저 사라져 버리기에
하루하루 버티는 것밖에 답이 없다고 생각했다.

그러다 간혹 정말 먹고 싶은 음식이 생겼다.

이를테면 새로 나온 햄버거라든가,
아주 맛있는 고기라든가.
물론 마음만 먹는다면 사 먹을 수 있지만
아르바이트를 하면서
사업을 겨우 유지하고 있었기에
한 푼이라도 더 아껴야 한다고 생각해 참았다.

나중에 돈을 많이 벌면 맛있는 걸
원 없이 먹겠다고 생각했다.
그 모습을 상상하면 기분이 조금 나아졌다.

당시 매달 집에 30만 원 정도의 돈을 보내드렸다.
부모님과 주변 사람들에게
어린 나이지만 잘하고 있는 모습을
보여주고 싶었다.

그러던 어느 겨울날
먹고 싶었던 햄버거를 사고
시간이 늦어
사무실로 급하게 뛰어 들어왔는데
가쁜 숨이 멈추지 않았다.

헉헉거리던 숨은 시간이 지나면서
더 가빠졌고 응급실에 가게 되었다.

병원에서는 폐 쪽에 피가 꽉 차
폐를 눌러 숨을 쉬기 어렵다고 말했고
스트레스와 과로가 원인일 수 있다고 했다.

갈비뼈 쪽에 호스를 꽂아 피를 빼냈다.
그리고 보호자 동의가 있어야 수술할 수 있어
어쩔 수 없이 부모님께 연락드려
그동안의 일을 모두 말씀드려야 했다.

눈물이 났다.
그동안 해온 노력의 결과가
왠지 지금 모습인 것 같아서.

가장 괴로웠던 건 다음 날 수술 때문에
금식을 해야 했고 헉헉거리며 입으로밖에
숨을 못 쉬는데, 입이 마른 상태에서
물 한 모금도 마시지 못한 채
길고 긴 밤을 지새워야 하는 것이었다.

밤새 형이 옆을 지켰다.
수술은 잘 끝났다.

그리고 다시 무언가를
열심히 할 의지를 잃어버렸다.

그렇게 늦은 나이에 복학하게 되었고
학교를 자퇴했으며
다시 글을 쓰는 꿈을 꾼다.

여기까지의 이야기만 들은 사람은
결국 열심히 해도 안 된다고 말한다.

맞는 말이다. 돌이켜 보면
열심히 해도 안 될 때도 있었다.

하지만 중요한 건 삶을 대하는 방식이었다.
내 삶을 얼마나 진지하게 생각하는지,
진심으로 문제를 대하고
원하는 방향을 찾기 위해 노력하는지.

얼마나 나를 소중하게 생각하는지,
그렇기에 내가 가진 신념을
어떤 모습으로 지켜나가는지.

결과보다 중요한 건
방식이라는 생각이 들었다.

그러한 생각으로
작은 노력들을
다시 시작할 수 있었다.

나는 모두가 아는 작가는 아니지만
몇 권의 베스트셀러를 쓴 작가이다.

나는 나의 삶에 만족한다.
지난 시간을 견뎌준 나에게 고맙다.

실패 뒤에도 삶은 계속 이어졌다.

그렇기에 결과보다 중요한 건 과정이었다.
과정은 주어진 '하루'이고
하루를 어떤 모습으로 살아가는가에 따라
또 다른 기회가 주어졌다.

하나의 모습이 되지 못했다면
또 다른 하나의 모습이 되면 된다.

노력하지 않으면 결과도 없다는
말을 좋아한다.

하지만 그보다 더 믿는 건
살다 보면 노력하지 못할 때도 있고
결과를 완성하지 못했지만
중요했던 노력도 있다는 것이다.

※

좌절 앞에서 중요한 건
내가 얼마나 부족한 사람인지를
아는 것이 아니다.

그동안 나의 노력을 통해
조금이라도 해낸 것과
그리고 실패를 통해 깨달은
몇 가지 사실로
어제보다 나은 오늘을 사는 것이다.

행복을 상상하는 힘

어릴 때 나는 상상하는 것을 좋아했다.

귀에 이어폰을 꽂고
몇 곡 없는 노래를 반복해 듣다 보면
나만의 세계에 쉽게 빠졌다.

책을 읽으면서도
책에 없는 이야기를 상상하거나
되고 싶은 모습을 상상했다.

이루어질 일은 없지만
이루어졌으면 하는 순간을 상상했다.

그러다 보면 현실의 두려움이
잠시 잊혀졌다.

하지만 나이가 들면서
상상하는 일은 줄어들었다.
현실을 깨달았기 때문이다.

상상하는 일은
내게 일어나지 않을뿐더러
잘하고 싶은 마음에
여러 가지 일을 생각하다 보면
아무것도 정리되지 않은 채
하루가 지나갔다.

나이가 들수록
크고 작은 상처가 쌓이고
나무의 나이테처럼
지워지지 않는 상처도 생겼다.

상처를 통해
상처를 갖고 살아가야 한다는 것을 배웠다.

되도록 상처받지 않게
현실을 계산 했다.

해야 할 일을 정확히 정하고
어떤 사람을 만날지를 생각하고
어떠한 모습이 되기로 마음먹었다.

그러다 보면 어떤 일이
나를 힘들게 하는 게 아니라
멈출 수 없는 생각들로 힘들기도 했다.

되고 싶은 모습보다
돼야만 하는 모습들이
나를 외롭게 하기도 했다.

이제는 예전처럼 많이 상상하지 않는다.

그건 어른이 되었기 때문이라고
스스로 위로해본다.

다만 어떤 상처에든
나를 너무 오래 묶어두지 않는다.

그러면 어느 날은 할 일을 다 끝내고
잠시지만 어린 시절처럼
당장은 이루어지기 어렵더라도
이루어지길 바라는 좋은 일을 상상하며
잠들 수 있을 테니까.

상상의 힘은 이루어짐에 있던 것이 아니라
현실의 두려움을 잊고
내일을 더 씩씩하게 살아가게 하는 힘이었다는
사실을 기억해 본다.

가고 싶은 길

『아무것도 아닌 지금은 없다』를 출간하고,
처음으로 나에게 제법 큰돈의 인세가 들어왔다.

집의 빚을 일부 갚아드리고
남은 돈으로 무얼 하면 좋을까 생각했다.
상상만 해도 기분 좋은 고민이었다.

처음에는 스위스에 한 달간 다녀오려고 했다.
그게 아니면 내친김에 세계 이곳저곳을
돌아봐도 좋겠다고 생각했다.

그러다 문득 여러 프로젝트를 한

지난 시간이 떠올랐다.
고민을 나누기 위해 공원에 천막을 치거나
사연을 보내오면 찾아갔던 적이 있다.

평범하지 않은 행동이었지만
그때는 지금 아니면 나중에는
할 수 없다고 생각했다.

공원에 천막을 치지 않아도
찾아가지 않아도
사람들이 고민을 나누러 찾아올 수 있는
공간이 있으면 좋겠다고 생각했다.

하지만 현실적인 문제도 염려되었다.
한참 강연을 다닐 때였고
시간당 받는 적지 않은 강연료가 있었는데
공간을 만들어 사람들과 고민을 나누다 보면
강연을 그만큼 할 수 없게 되고
수입이 줄어들지 않을까 하는 고민이었다.

그렇다고 상담료를 높게 받을 수도 없었다.

그래도 지금 아니면
나중에는 할 수 없다고 생각했다.

운영될 정도로의 비용만 받고
공간을 만들기로 마음먹었다.
나중에 후회하더라도
지금 마음이 원하는 걸 따랐다.

그렇게 5년 전 파주 헤이리마을에
'글배우서재'를 만들었다.

그러나 막상 만들고 나니
인세를 공간을 얻는 데 다 쓴 터라
인테리어 비용이 남아있지 않았다.
서재는 마당까지 200평 저택이었다.

커튼도 달아본 적 없던 내가
그날부터 셀프 인테리어를 시작했다.
어쩔 수 없이,
전문가의 손길이 필요한 곳은 도움을 받고
그 외 자재를 사다가 장판을 직접 깔고
벽지, 조명, 장판, 가구 등 모든 것을 손수 했다.

장판을 자르다 손을 몇 번이나 베였는지 셀 수도 없다.
베인 곳을 또 베일 때는 세상에서 내가 제일 미웠다.
그 고통은 살면서 겪은 제일 아픈 고통이다.

한 번은 커튼을 달다가 사다리에서 떨어져
한쪽 다리가 심하게 부었다.
다리가 부어 바지가 들어가지 않아
겨울에 한쪽 다리만 반바지처럼 걷어 올린 채
돌아다녀야 했다.

처음 간 마을 식당에서
내게 서비스를 많이 주셨다.
혹시 나를 알아본
이름 모를 독자분인가 하는 생각이 들면서
한쪽 바지를 어떻게든 내려 보려고 했다.
하지만 나중에 사장님과 친해져 알고 보니
내가 너무 힘들어 보여서 그랬다고 하셨다.

언제나,

인생에 찾아오는 힘듦은
생각보다 훨씬 힘들다.

인생에 찾아오는 아픔은
생각보다 훨씬 아프다.

인생에서 마음먹은 일을
끝까지 해나가는 건 훨씬 어렵다.

매일 생각했다.
괜히 한 건 아닐까?
편하게 지낼 수 있었을 텐데…

가끔 SNS라도 열어 보면
행복하게 사는 사람이 왜 이렇게 많은지.
좋은 곳에 가고 맛있는 것을 먹는 사람들의
사진을 보면 부럽기도 했다.

끝이 있을까 하는 생각을 하며
하루에 14시간 이상 작업을 했다.

난방을 하면 한 달에 100만 원 정도 나와
난방을 하지 못했다.
수입이 끊긴 터라 그럴 여유가 없었다.

파주의 추운 겨울을 난로 하나로 보냈다.
잠을 자기 위해 옷을 여러 벌 껴입고 누웠을 때
천장으로 들어오는 별빛을 보고 있으면
가만히 있어도 저렇게 빛날 수 있는
별이 부럽기도 하면서
그 불빛이 나를 비춰주는 것 같아 위로가 되었다.

그렇게 3개월이 지나 공간을 완성했다.

3년을 운영했고, 5년이 지난 지금
서재는 존재하지 않는다.

공간을 정리하는 날 생각했다.

만약 정리하게 될 줄 알았다면
나는 모든 공간을 정성스럽게 꾸몄을까?
시간을 돌려도 시작했을까?

아마 똑같이 했을 것이다.

삶에는 어떤 길인지 알아도
또 가보고 싶은 길이 있으니까.

생각해보면 나는 그 공간과
그 시간 속 나의 삶을 열심히 사랑했다.

어차피 영원한 건 없기에
지금 아니면
나중에 할 수 없을 것 같은 일을
오늘 조금 더 용기 내서 하며
살아가기로 마음먹는다.

겨울에 서재를 시작했고 다시 겨울에 마쳤다.

누군가 내게 말했다.
마음이 많이 지치고 힘들면 봄까지 기다렸다가
서재를 다시 시작해 보라고.
봄이 오면 자연스레 겨울이 녹을 거라고.

나는 답했다.

"저는 겨울을 좋아했습니다.
다만 이제 다른 시간을 좋아하기 위해 떠납니다.
지금 아니면 시작할 수 없는 또 다른 삶을 위해.
또다시 지금에 충실하기 위해. 고마웠습니다."

● ((

2부

보통의 행복

보통의 날처럼 느껴지지만
가장 특별했던 하루

산책

매일 아침 마을 한 바퀴를 돈다.

반려견 산책을 위해 나온 사람부터
아침을 일찍 시작하는 사람들

그 밖에도 잠자리, 풀벌레,
그날의 바람도 만나게 된다.

마을을 크게 한 바퀴 돌면서
그날 해야 할 일과
앞으로 살아가고 싶은 삶을 생각한다.

현재의 답을 모르겠을 때
미래에 살고 싶은 삶을
생각해보는 것도 좋은 방법이다.

미래에 살고 싶은 삶이 그려지면
현재의 일을 선택하는 데 도움이 된다.

아침 산책은 주로
계획을 세우는 것에 집중한다.

앞으로 가야 할 길을 찾는 데.

그리고 오후 산책을 한다.
오후 산책은 아주 짧다.
마음의 힘을 완전히 빼기에는
아직 이른 시간이다.

하루를 마무리하기 위해서는
해야 할 일이 남았고
다 하지 못한 그날의 숙제도
있기 때문이다.

오후 산책은
현재 마음을 점검하는 정도로 족하다.

그리고 하루가 점점 사라지고
어두워지는 밤이 온다.

밤 산책을 한다.
밤에 걸으면 온 세상이 어둡다.

하루 종일 마음이 어두웠다면
억지로 밝게 서 있지 않아도
어두운 마음이 감춰진다.
어둠은 편안함을 준다.

하지만 멀리 있는 건 잘 보이지 않는다.

삶에서 보고 싶고
만나고 싶은 것이 있다면
더 가까이 다가가야 한다.

가만히 있으면 보고 싶은 것을
볼 수 없기에.

반대로 보고 싶지 않은 건
보지 않아도 그만이다.

그렇게 좋은 분위기로 걷는다.

밤 산책은
조금 더 가볍게 의미 없이
때론 의미를 찾으며
자유롭게 걷는다.

오늘의 걸음이 끝났다.

이런 생각을 해 본 적이 있다.
'내 인생 마지막 산책에서 나는 무슨 생각을 할까?'

가장 후회되었던 일
가장 아쉬웠던 일
가장 좋았던 일
몇 가지를 생각할 것이다.

그리고 남은 시간 동안
받아들이기 어려웠던 일을 생각할 것이다.

그때는 더 이상 답을 찾는 것을 멈추고
받아들여야 할 것이다.

그래야 마음이 편할 것이기에.

아직 내게는
시간이 남았다고 생각한다.

눈부신 아침을 더 맞이할 수 있고

기다란 오후 햇살을 볼 수 있고

차가운 온도와 뜨거운 온도를 느낄 수 있고

별이 쏟아지는 길을 더 걸을 수 있다고 생각한다.

보고 싶은 것을
더 볼 수 있는 시간과
보고 싶지 않은 것을
보지 않을 시간이
남았다고 생각한다.

그래서 바꾸고 싶은 건 바꾸고
너무 어려운 일은 잠시 피하고
나의 모습을 더 찾는다.

그러기 위해 매일 산책하는 것인지 모른다.
그러기 위해 매일 사는 것인지 모른다.

그렇게 인생 마지막 산책에서
받아들이고 싶었던 일을
더 많이 떠오르게 하기 위해.

어쩌면 사랑도 삶도 행복도 별거 아니다.

그냥 사는 것이다.

산책하듯이.

기억하고 싶은 날을
더 기억하세요

사진을 찍다 보면
오래 간직하고 싶은 사진이 있고
빨리 지웠으면 하는 사진이 있습니다.

또, 삭제된 사진은
영영 복구가 불가능합니다.
완전히 지워진 사진은 되돌릴 수 없고
가슴에만 남게 됩니다.

그런 의미에서 우리는 매일
사진을 찍으며
살아가는 것인지 모릅니다.

하루하루 살아온 날들이
지난날로 지워지며
가슴에만 남게 되는 채.

정말 후회됐던 순간도
아팠던 순간도
기뻤던 순간도
설레던 순간도
모두 가슴에만 남게 됩니다.

어떤 날은 되돌릴 수 없기에
더욱더 소중합니다.
기쁘고 설레었던 날이라면
다시 그날과 똑같은 날은
없기 때문입니다.

예전에 했던 상담에서
어느 여성분이 찾아와 말했습니다.

사랑에 실패했고
하고자 하는 일도 겨우 버티고 있으며

자신을 돌아볼 여유가 없다고.
그동안 살아온 날이 후회된다고.

아픔은 지우려 할수록 더욱 또렷해집니다.

지우려 할수록,

가장 슬펐던 일은
가장 나를 아프게 하는 일로 새겨지고,

가장 힘들었던 일은
가장 마음을 무겁게 하는 일로 새겨지고,

가장 후회되는 일은
가장 두려운 일로 새겨집니다.

지우려 할수록 보고 싶지 않았던
모습을 자꾸 보게 됩니다.

하지만 앞으로 무엇을 더 오래 사랑할지는
타인의 몫이 아니라 내 몫입니다.

지난날을 바라볼지.
앞으로 마음속에 담고 싶은 순간을 사랑할지.

매일의 삶이 모두 사진으로 남기고 싶을 만큼
아름다울 수는 없겠지만
안 좋은 사진은 담아두지 말고
좋아하는 사진을 마음에 남겨두면 좋겠습니다.

그리고 시간이 지나고 나면
정말 마음에 드는 인생 사진
몇 장 남게 되지 않을까요.

그 사진을 보며 또 지난날을
아름답게 추억할 수 있었으면 좋겠습니다.

아픈 날에는
지우고 싶은 날을 기억하기보다
앞으로 기억하고 싶은 순간을
더 기억하며 살아가면 좋겠습니다.

❋

집 앞에 건물이 공사 중입니다.
매일 한 칸씩 보완하며 완성되어 갑니다.

인생도 한 칸씩
쌓아가는 과정이 아닐까 생각합니다.

공사장 밤하늘에
예쁜 달이 높게 떠 있습니다.

언뜻 보기에는 달의 높이와
건물 꼭대기의 높이가
많이 차이 나 보이지 않습니다.
하지만 결국 달의 높이까지는
닿을 수 없습니다.

달의 높이까지 가기는 어렵지만

예쁜 달을 보며
쌓고 싶은 인생을
쌓아가는 것도
참 괜찮을 거라 생각합니다.

안식처

『타인의 시선을 의식해 힘든 나에게』라는
책을 쓴 적이 있습니다.

자존감에 관한 책입니다.

자존감은 나와 나의 관계이고
내가 바라보는 내 모습이 좋지 않을 때는
타인의 안 좋은 말이 크게 들리며
내가 나를 좋게 바라볼 때는
타인의 시선과 평가에
흔들리지 않게 된다는 내용입니다.

그 이유는 내가 정말 좋아하는 사람은
누군가 그 사람을 안 좋게 얘기해도
마음이 쉽게 흔들리지 않기 때문입니다.

반대로 내가 안 좋게 생각하는 사람은
누군가 안 좋게 말하면 그 말이
더 크게 들리고 공감하게 됩니다.

이처럼 내가 나를 어떻게 바라보고 있는가는
자존감과 연결되고,
타인의 시선을 많이 의식하는 이유는
내가 나를 안 좋게 바라봐서입니다.

지금도 같은 생각이고 동감합니다.
그러나 이러한 생각도 듭니다.

노력한 일에 대한 좌절이 올 때
여러 계획이 무너지는 하루로 삶의 방향이
꿈꿨던 것과 너무나 다르게 흘러갈 때

어쩔 수 없이 나를 안 좋게 바라보는
시간을 만났다면

나를 다시 좋게 바라볼 수 있는
안전장치가 있으면 좋겠다고요.

이를테면 나만의 안식처를 만드는 것입니다.

조용한 공간이 될 수도 있고

좋아하는 음식이 될 수도 있고

아무도 없는 길이 될 수도 있고

사람과의 만남이 될 수도 있습니다.

스스로를 돌보고 치유하는 시간입니다.

어둠이 갑자기 찾아와서
아무것도 할 수 없다 느껴진다면
좋아했던 내 모습이 보이지 않는다면
어둠이 지나갈 때까지
부정적인 생각을 멈출 수 있는 안식처가
있으면 좋겠습니다.

안식을 만나면
'지금 이대로 가만히 있고 싶다.'는 생각이 듭니다.
그건 그동안 앞만 보고 달려온 나에게
꼭 맞는 쉼을 하고 있다는 것입니다.

그 시간 속 내가 밉지 않기에,
계속 자책하는 마음에서 벗어날 수 있는
시간을 갖게 됩니다.

마음이 좋을 때만
나에게 선물을 주는 사람이 아닌

마음이 좋지 않을 때도
선물을 줄 수 있으면 좋겠습니다.

진실로 노력했던
나의 가장 빛났던 시간을
자주 기억하며 살아가세요.

밤을 좋아하는 사람

밤을 좋아하는 사람은
혼자 있는 시간을
사랑한다.

소음 없는 고요한
마음을 사랑한다.

손을 뻗어 조절할 수 있는
불빛의 온도와
여유롭게 마실 수 있는
차 한잔을 사랑한다.

그렇게 낮에 힘들었던 시간을
밤이 위로한다.

그리고 밤이 내게 말을 건넨다.

"오늘도 견뎌야 할 일들을 잘 견뎠네요."

행복

나는 물었다.

행복은 대체 언제 오는지.

그러자 말했다.

네가 너를 소중히 대할 때.

안정적인 이유라며 행복하지 않은 모습을
선택하지 않을 때.

과거의 불행에서 벗어나 오늘을 살아갈 때.

괜찮은 사람이라고 스스로 믿을 때.

내일 피었으면 하는 희망을 오늘 심을 때.

막힌 길에서 끝이라 생각하지 않고
새로운 길을 찾아 나설 때.

모든 것에 너무 두려워하지 않을 때.

때론 좌절할 수도 있다는 사실을 받아들이고
다시 일어설 때.

다시 행복할 거라고 믿을 때.

행복할 수 있을 거라고
행복이 내게 말했다.

온전한 자유

여행을 다녀왔습니다.

제가 하는 여행이라고 하면 특별할 것 없습니다.

기차역에 가서 시간에 맞는 기차를 탑니다.

도착지도 기차역에서 정합니다.

기차를 타고 가다 도착지와 달라도
내리고 싶은 마음이 들면 내립니다.

맛집이나 유명한 숙소를 따로 찾지도 않습니다.

그때그때 가고 싶은 곳을 갑니다.

밥을 먹고 싶으면 밥을 먹고
가보고 싶은 곳이 있으면 가고
쉬고 싶으면 쉽니다.

다시 새로운 곳으로 떠나고 싶으면 떠납니다.

당연히 핸드폰도 꺼둡니다.

그렇게 여행에서 얻을 수 있는 건
목표한 일정이 괜찮았는지
장소가 별로였는지를 따지는
실패와 성공이 아닌 온전한 자유입니다.

실패할 일은 없습니다.

여행의 처음과 끝에
내 마음밖에 없기 때문입니다.

물론 매번 이렇게 여행하지는 않습니다.

그러나 일상이 답답하게 느껴질 때
복잡한 생각이 들 때
더 이상 무너질 계획이 없는
시간이 필요할 때
자유를 만나러 가기도 합니다.

민들레 꽃씨는 계절이 되면 매일 여행합니다.
바람을 타고 이곳저곳을 날아다니며
가장 마음에 드는 곳에 정착해
꽃을 피웁니다.

어쩌면 마음이 많이 흔들리는 이유는
마음을 정착할 곳을 찾지 못해서일 수 있습니다.

마음과 다르게 지나온 일이 있거나
마음을 줄 사람이 없다는 생각이 들 때,

누군가를 탓하는 건 더 이상
의미 없다 생각 드는 순간
'나'를 찾고 싶어집니다.

나를 찾기 위해서는 자유로워야 합니다.

자유롭지 못한 것에
나를 잃어버린 것이기 때문에.

자유를 만나고 오면
앞으로 더 자유롭게 살아야겠다는
생각이 듭니다.

오늘은 살면서 잊지 못할 풍경을 봤습니다.
작업실 뒤쪽의 산책로가 낮은 산으로 이어져 있고
정상에 오르면 임진강과 근처 마을이 보입니다.

해가 지고 있는 시간에 비가 조금씩 내릴 때 올랐고
갑자기 비가 그치면서 강으로부터 올라온 수증기가
주변을 운무로 덮었습니다.
주황색 일몰의 햇살이 그 사이로 들어오면서
머리 위로 거대한 무지개가 떴습니다.

순식간에 일어난 일입니다.

수십 번 이곳을 지났지만
처음 보는 풍경이었습니다.

그 시간이 지속될 동안 멈춰서
5분, 10분 장면을 마음에 담았습니다.

감동적이었습니다.

그리고 이런 생각을 했습니다.
어쩌면 앞으로의 인생에서
예측하지 못한 더 멋진 순간이
나를 기다릴지 모른다고.

앞으로 당신에게도 지금은 다 알 수 없는
멋진 순간이 기다리고 있을 겁니다.

그러니 자유를 잃은 것 같을 때는
목표를 내려놓는 여행을.

희망을 잊은 것 같을 때는
살면서 본 가장 멋진 풍경을 떠올리며
다시 희망을 가져보기를 바랍니다.

그리고 좋아하는 순간을 만나면
충분히 기뻐하세요.

선물

어떤 후회도 없어야 한다는 생각은
현재의 행복이 아닌
계획에 집중하게 만든다.

설사 계획이 나를 행복하게 하지 못해도
계획을 완성해야 한다는 생각에

계획을 위한 인생을 살게 된다.
그럼 예측하지 못한 행복을 만날 수 없다.

돌아가야만 느낄 수 있는 여유를 느낄 수 없고
우연찮게 내리는 비를 보며 음악에 잠길 수 없고
겨울 냄새에 멈춰 서 추억을 회상할 수 없다.

그것은 계획에 없는 일이기 때문이다.

그 밖에도 예측하지 못한 행복은 많다.

앞으로 삶의 계획을

계획을 위한 삶이 아닌
행복을 위한 계획으로 바꾼다면

감동은 찰나의 순간이지만
평생 잊지 못할 순간을 만날 수 있을지 모른다.

예측 못한 행복은
앞으로 예측할 수 없는 삶이 주는
최고의 선물이다.

소중한 순간은 추억이 된다

어릴 때 어머니에게 혼난 뒤
밥을 안 먹은 적이 있다.

뭐가 그렇게 서러웠는지
밥을 안 먹겠다고 고집을 부렸다.
그러자 어머니도 단호하게
먹지 말라고 하셨다.

방에 들어가 울면서 앞으로는 절대
밥을 안 먹을 거라고 다짐했다.

내가 웃지 않고 먹지 않는 게
어머니를 걱정시키는 일이라 생각했다.

계속 안 먹는다고 하면
밥을 먹으라고 어머니가 먼저
달래주기를 바랐다.

그러나 그날은 내가 단단히 잘못한 날인지
어머니도 다른 말씀을 안 하셨고
혼자 방에서 아무에게도 위로받지 못한 채
서러운 눈물을 흘렸다.

하지만 시간이 지날수록 점점 배고파졌고
음식점 책자가 눈에 보여 펼쳤다.
(예전에는 배달 음식 책자 같은 게 있었다)

그런데 시킬 수도 없을 뿐더러
밥을 안 먹기로 다짐했으니
시켜달라고 말할 수도 없었다.

어렸지만 나름 그 정도의 자존심은
있었던 것 같다.

메뉴를 보고 있으니
먹고 싶은 음식이 정말 많이 보였다.

어차피 먹지도 못하면서
그 와중에 가격을 봤다.
만약 먹는다면 먹을 수 있는 것과
먹을 수 없는 것을 고르며 메뉴를 살폈다.
나는 짜장면을 선택했다.

만약 어머니가 달래주지 않으면
며칠 후 못 이기는 척
시켜달라고 할 계획이었다.

그때,
벨 소리가 들렸고 짜장면 냄새가 났다.

늦게까지 저녁을 안 먹으니
어머니는 내가 좋아하는 짜장면을
시켜주신 것이다.

나는 쏜살같이 밖으로 나가 못 이기는 척
"엄마 이게 뭐야?" 하고는 거의 마시듯 다 먹었다.

그날 먹은 짜장면이 내가 살면서
가장 맛있게 먹은 짜장면이다.

어머니는 다 떨어진 분홍색 장지갑을 사용하셨는데
어릴 때 그 지갑에서 천 원, 이천 원이 나와
꽈배기 같은 군것질을 할 수 있을 때면 기뻤지만
언뜻 본 지갑에 돈이 얼마 없다 싶으면
미안한 마음에 잘 먹지 못했다.

유년 시절은 넉넉하지 않았지만
부족함을 느끼지 않았다.
지나고 생각해보면
부족한 날에는 늘 사랑을 느꼈기 때문이다.

어머니는 만두를 좋아하시고
국수를 좋아하시고
샤브샤브를 좋아하신다.
이 다음에 집에 가면
사랑을 가득 담아 사드려야겠다.

어느새 나는 다 컸다.
하지만 다 커도 세상을 살다 보면
힘든 일을 겪게 되고
입맛이 없어 저녁을 굶고 방에 있을 때가 있다.

짜장면 한 그릇에 기분이 풀리면 좋겠지만
이제는 그럴 일이 없다.
언제든 사 먹을 수 있는 음식이 되었기 때문에.

가끔 통화 너머로 티내지 않아도
내가 힘들어하는 모습이 느껴지면
어머니는 생각하실 것이다.

이제는 아무것도 해줄 수 없다는 걸.

그래서 미안해하실 거다.

그런 날은 마음을 다시 다 잡는다.

어릴 때 좋았던 추억과
그리웠던 날을 생각하며
지금의 시간을 힘들게만 보내지 않고
좋은 추억을 쌓아가야겠다고 다짐한다.

그래야 나중에 힘들 때
또 꺼내 보며 웃을 수 있는
시간이 생길 테니까.

✻

아무리 힘든 일도 지나고 나면 추억이 된다.

대가 없는 온정

20대 때 독립해 제일 먼저 해야 했던 일은
먹고사는 문제를 해결하는 것이었다.

그러기 위해서는 어느 정도
경제적인 능력이 필요했다.
사회에 나와 제일 먼저 배운 건
대가 없이 주어지는 것은
아무것도 없다는 것이었다.

열심히 일을 해야 매일 끼니를 때울 수 있었다.
그렇다고 먹고사는 것만 생각하느라
미래를 준비하지 않을 수는 없었다.

늘 미래를 생각하며
해야 할 일을 해야 했고
실수로 무언가를 잃게 되면
후회되는 마음으로 삶이 멈춰
앞으로 해야 하는 모든 일이
버겁게 느껴져
아무것도 하지 못할 때도 있었다.

그러한 몇 번의 좌절과
또 몇 번의 희망
또 몇 번의 나만의 계절을 버티며

상처는 당장 아프지만
버티는 삶에서도 얻는 게 있음을
배우게 되고
꽃이 피듯 아주 천천히 성장했다.

나는 변했지만
여전히 변하지 않은 건
세상에는 아무런 대가 없이 주어지는 건
없다는 사실이다.

어른이기에
원하는 것을 얻기 위해
당연히 지불해야 하는 노력의 대가를 이해하고
덤덤히 받아들이기 위해 애쓰지만
생각보다 그 노력의 대가가 너무 커
현재가 힘들다 느껴질 때면
어머니가 해준 밥이 먹고 싶을 때가 있다.

매일 먹을 수 있을 때는 소중함을 몰랐지만
아무런 대가 없이 나를 지켜주기 위해
차려주신 밥의 의미를 생각해보게 된다.

아마 건강하고 아름답게
또 누구보다 행복하게
잘살기를 바라는 마음이 담긴
어머니의 온정이었을 것이다.

그러한 밥을 먹고 세상에 나와
어른으로서 성장하지만
그게 어려울 때면
다시 집밥이 그리운 것일지 모른다.

나이가 들면서 집밥보다
훨씬 비싼 재료의 고급 음식을 사 먹기도 하고
자주 먹을 수 없는 귀한 음식을 먹기도 한다.
때로는 달고 짠 스트레스를 풀어주는 음식으로
위로받기도 한다.

그럼 그날의 무거운 마음이
잠시 잊히기도 하지만
그래도 어느 날 문득 집밥이 생각난다.

아무런 대가 없는 온정이 생각나는 것이다.

글배우서재를 운영할 당시
초창기에 오는 분께는
아침에 밥을 직접 차려드렸다.
할 수 있는 메뉴는 한정적이었지만
정성을 다해 매일 10인~12인분 요리를 했다.

손님들이 "잘 먹었습니다." 하며
그릇을 비우거나
음식 앞에서 밝게 피어나는 표정을 볼 때면
뿌듯한 마음이 들었다.

조금 다를 수 있지만
어머니도 매일 집에 들어온
자식의 표정을 살폈을 것이다.

그리고 어두워 보이면 맛있는 밥으로
온기를 불어넣어 주기 위해
신경 쓰셨는지 모른다.
좋아하는 반찬을 먹으며 밝아지는 표정에
안도하셨을 수 있다.

어머니는 자식의 기분으로
당신의 마음을 채우는 분이기에.

아무런 대가 없이
기댈 수 있는 온정이 생각날 때
집밥이 생각난다.

생각해보면 저녁밥 짓는 냄새가
괜히 기분 좋은 것이 아니었다.
아마 그 순간 마음에
온기가 채워져서일 것이다.

이제는 자주 먹을 수 없는 집밥이어서
더 그립기도 하지만 나중에는 어쩌면
다시는 볼 수 없고 다시는 먹을 수 없어
더욱더 그리운 순간이 올지도 모르기에

가능한 자주 찾아가
밥을 맛있게 먹으며 밝아진 표정으로
어머니께 온기를 드려야겠다고 생각한다.

어려움 앞에서 선택하는 것

작년 겨울, 아는 선배와 함께
강연을 다녀온 적이 있다.
시간대는 다르지만
같은 장소에 섭외된 것이다.

일정을 마친 후 근처 해변을 걸었고
선배는 지갑을 잃어버렸다.
그래서 나를 먼저 숙소로 들어가게 한 뒤,
추운 겨울 바닷가에서
혼자 지갑을 한참 찾다가 돌아왔는데
숙소에 지갑이 있었다.

선배는 분노하기는커녕 매우 기뻐했다.
아마 찾아서 다행이라고 생각했을 것이다.

하루를 살다 보면
예상 못한 어려움이 찾아오고
어떻게든 그 시간을 버티고 나면
다행이란 생각이 든다.

그렇다면 다행이란 말은 정말 좋은 걸까.
아니면 좋아할 수밖에 없는 상황인 걸까.

다행이라는 마음이 든다는 건
만나지 않으면 더 좋았을 어려운 순간을
만났던 것과도 같다.

그러한 마음이 자주 들다 보면
조심성이 깊어진다.

지갑을 잃어버리면 다음부터
더욱 조심하게 되는 것처럼.

사랑하는 사람을 잃어버리게 되면

다음 사람에게는 같은 상처를 반복하지 않게
더욱 조심하게 되는 것처럼.

기분 나쁜 말을 듣게 되면
다음부터 그 사람의 말을
더욱 조심하게 되는 것처럼.

조심성이 나쁜 것은 아니지만
마음을 굳게 한다.

당장 실수로 잃어버리는 게
줄어들지 모르지만
자연스러운 웃음을 잃어버리게 된다.

나를 웃지 못하게 하는 건
나에게 상처 준 일들이다.

다시 상처받을까
마음에 빛을 끄고
문을 닫고
제자리에 혼자 웅크리고 있다면
잃어버린 지갑을 찾듯

잃어버린 기쁨을 찾을 수 없다.

마음의 문을 열고 밖으로 나와
여러 실수를 통해 삶을 배워야 한다.

아픔을 잊는 법을
실수를 만회하는 법을
상실 뒤에 다시 살아가야 하는 법을
배워야 한다.

삶은 우리에게 경험을 통해
행복을 찾아가게끔 시간을 준다.

상처받을까 봐 경험하지 않는다면
행복을 발견하기 어렵다.

'나'는 언제든 실수할 수 있는 사람이고
실수를 통해 원하는 것을 찾아가는
사람이기 때문이다.

당신은 무엇을 좋아하고
무엇을 고대하는 사람인가?

당신은 어떤 사람이고
어떤 말을 들으면 기분이 좋은 사람인가?

내가 들으면 가장 좋아하는 말은
"좋아한다."라는 말이다.

내가 좋아하는 사람들이
나를 좋아한다고 말할 때
위로가 된다.

오늘도 무엇을 좋아하는 사람인지
잊지 않기 위해
또 좋아하지 않는 것을
억지로 좋아하지 않기 위해
용기 내서 산다.

좌절을 만났다면
그 뒤에 있을
행복을 만나기 위해 산다.

실망하는 것에 멈추지 않고
삶을 배워나가기로 택한다.

아픔을 통해 깨달은 것

어릴 적 서울에서 혼자 지낼 때
치통으로 고생한 적이 있습니다.
얼마나 아픈지 머리와 고막까지 아파왔습니다.

한시도 가만히 누워 있을 수 없고
뜬눈으로 밤을 지새우며
아침에 병원이 열자마자 찾아가
진료를 받았습니다.

7시간 정도의 고통을 밤새 앓은 것입니다.

지금은 치아가 아프면 바로 병원에 가지만

못 가는 상황이라면 약국에서
잇몸약과 진통제를 사 먹습니다.

치아 고통이 얼마나 무서운지,
그리고 진통제를 먹으면 안 먹을 때보다
훨씬 더 견딜만하다는 걸,
지독한 아픔을 경험하고 깨달은 것입니다.

삶에서는 아픔을 경험해야만
깨닫게 되는 것이 있습니다.

그때는 몰랐기 때문입니다.

그때는 몰랐기에 대가를 치르고
아픔을 충분히 겪은 뒤 깨닫게 됩니다.

삶에서 중요한 건 그렇게 배워갑니다.

만약 그때 누군가 진통제를 먹으면
견딜만할 거라는 걸 알려주었다면
얼마나 좋았을까요?

만약 누군가에게 그때
그 말을 하지 않았다면
얼마나 좋았을까요?

만약 그때 그 사람을
멀리했어야 한다는 걸 알았나면
얼마나 좋았을까요?

만약 그때 그 사람에게
더 잘해주었으면 얼마나 좋을까요?

삶에는 다음은 없습니다.
새로운 내일은 있지만
똑같은 어제는 없기 때문입니다.
그래서 저마다 후회와 고민을 안고 살아갑니다.

모두 인생을 처음 삽니다.

그렇다고 하면 완벽을 기대하기보단
살아내는 것 자체에
더 큰 의미를 두면 좋겠습니다.

산다는 것에
살아내는 것에
살아가기 위해
노력하고 있다는 것 자체에.

살면서 단 한번도 완벽한 순간은 없습니다.

상처를 통해 배우거나
지난 상처로 현재를 지켜내거나
지나간 시간이 모여 앞으로 행복하기 위해
무엇을 해야 하는지 알게 되는 순간만 있습니다.

어느 순간에 서 있나요?
어느 순간에 서 있든 소중합니다.
어느 순간이든 영원하지 않고
바꿔가며 인생에 찾아오기 때문입니다.

한숨

할 일이 많을 때는
한숨이 쉬어진다.

여유가 없을 때는
가쁜 숨이 쉬어진다.

도망칠 수도 더 나아갈 수도 없을 때는
답답해 숨이 잘 쉬어지지 않는다.

그래서
스스로 숨을 고를 수 있는 사람이
제일 강한 사람이다.

숨을 고르며
다시 최상의 컨디션으로 문제를
마주하는 사람.

숨을 고르게 하는 건
잠시 멈추는
쉼이다.

자신에게
쉼을 줄 수 있는 사람이
제일 강한 사람이다.

보통의 행복

나의 하루는 단순하다.

아침에 일어나
나의 친구 밤이와 산책한 뒤
아침을 먹고 혼자 산책길에 나선다.

오후가 되면 쉬고
다시 걷는다.

저녁이 되면
저녁을 먹고 다시 걷는다.

밤에는 글을 쓴다.

오랫동안 내 일을 잘하기 위한
나만의 훈련법이다.

그리고 일 년에 몇 번 지인을 만나고
가끔 여행을 간다.

어쩌면 너무 특별할 거 없는
무채색의 하루이기도 하다.

고요하며
조용하며
특별한 일은 거의 없다.

하지만 남들이 보기에 고요한 삶이어도
각자의 불안은 있는 법이다.

미래를 걱정하고
과거를 후회하고
오늘을 불안해한다.

그렇게 하루하루가 흘러간다.

때론 이렇게 하루가
흘러가도 되는가 싶을 정도로
특별한 것 없이 하루가 흘러간다.

그럼 특별하게
살아가는 사람들이 보인다.

그럼 나도 무언가를 당장 시작해야 할 것 같고
미래의 계획을 실천해야 할 것 같지만
마음을 자세히 들여다보면
현재의 일을 해결하는 데도 벅차다는 것을 알게 된다.

그래도 이러한 인생에도 행복은 있다.

최대한 간편한 복장으로
목적지 없이 걷는 건 나의 행복이다.

글을 쓰는 것이
고통스럽게 느껴질 때도 있지만
글을 쓰는 행위 자체는 나에게 행복이다.

긴 줄을 서서 어렵게,
아이스 바닐라라떼 테이크아웃에 성공해
걸어오는 길이면
굉장히 중요한 일을 해낸 듯한 뿌듯함도 밀려온다.

나의 행복은 큰 것이 아니다.
이것을 오랫동안 유지하는 것이다.

행복한 삶이란

목표를 이루거나
무언가를 해내거나
원하는 답을 찾아내는 것이 아니라

지금 마음이 편안한 것일 수 있다.

지금 할 수 있는 행복을
가능한 많이 함으로써 행복할 수 있다.

반드시 목표를 이뤄야 하고
문제를 해결해야만 행복하다 생각한다면
삶의 시간을 전부 목표를 이루거나

문제를 해결하는 데만 쓰게 되고
오늘은 행복할 수 없을지 모른다.

그냥 가볍게 지나쳐도 되는
작은 문제 앞에서도
온 종일 신경을 쓰느라
행복할 수 없을지 모른다.

목표를 이루기 전까지는
삶에 만족하지 못해
자주 행복하지 않은 나를
발견할지 모른다.

삶을 가만히
멈춰 있을 수는 없기에
어느 방향으로든 나아가야 하고
목표를 세우고 노력하는 것에
고통과 고민이 따를 수 있지만
그것이 인생에 전부는 아닐 거다.

일은 일이어야 하고
행복은 행복이어야 한다.

행복할 수 있는 시간마저
불행으로 채워 넣으면 안 된다.

행복할 수 있는 것을
가능한 많이 하며
현실을 헤쳐 나가는 것.

그것이 가장 '보통의 행복'일지 모른다.

오늘도 특별할 것 없는 하루가 흘러간다.
어쩌면 그건 하루가 이미 특별해
특별하다고 느끼지 못하는 것일지 모른다.

늘 만나게 되면
느끼지 못하게 되는 소중함처럼.

위로를 보낸다

살다 보면 누구나 힘든 시간이 찾아온다.

나도 그랬다.
작년 겨울 여러 힘든 일이 찾아왔고
힘듦을 넘어가야 했다.

그러던 중 이러한 생각이 들었다.

만약 누군가 나에게
아무 조건 없이
진심을 담아 계속 응원해준다면
어떤 기분일까.

처음 작가가 되겠다고 했을 때
누군가 이렇게 말했다.

"그거 많이 어려울 텐데…
그래도 네가 하고 싶다면 꼭 해봐.
너 되게 잘할 것 같아.
세상에 꼭 필요한 작가가 될 것 같아."

아무런 조건 없는 응원이 힘이 돼
막연한 일을 시작할 수 있었다.

그러한 응원이 생각났다.

누군가 처음부터 끝까지
아무런 조건 없이
응원해준다면 어떨까.

외로울 때도

슬플 때도

힘들 때도

잘하지 못할 때도

긴장할 때도

응원의 감정을
전달할 수 있는 글을 써 보자란
생각이 들었다.

'책을 쓴다면 제목을 뭐라고 정하면 좋을까.'

'어떻게 하면 글의 의미만이 아닌
전하고자 하는 감정을 전달할 수 있을까.'

'당신을 얼마나 응원하고 있는지
어떻게 말할 수 있을까.'

고민을 안고 글을 썼다.

외로운 사람에게 응원을 보낼 때는
나도 외로워져야 했다.
그래야 온전히 외로움의 감정에 공감하며
마음이 전달될 테니까.

힘든 사람에게 응원을 보낼 때는
나도 같이 힘든 감정이 되려고 했다.

그렇게 『모든 날에 모든 순간에 위로를 보낸다』
책을 썼다.

❆

모든 날에 모든 순간에 위로를 보낸다

눈을 비비며 아침을 맞고
피곤한 몸을 이끌고 하루를 시작하고
언제까지라는 기약 없는
힘든 일에 매달리고
쉴 새 없는 오후를 보내고 난 뒤

불안하고 전쟁 같았던 일이 끝나면

지친 몸으로 저녁을 먹고
그대로 쓰러져 아무것도 할 수 없다

나는 어떤 것을 좋아하는 사람인지
나는 어떻게 하고 싶은 건지

나는 어떤 사람인지
나도 나를 잘 모르겠을 때가 있다

쫓기듯 살아가고
감당할 수 없는데

감당해야 될 때가 있다

그 순간에

당신이 가장 괴로워하는 순간에
당신이 견디기 어려운 순간에
당신이 가장 버티기 외로운 순간에

모든 순간에
모든 날에 위로를 보낸다

용기를 보낸다
위로를 보낸다
안부를 보낸다
온기를 보낸다
사랑을 보낸다

넘치는 힘듦이 당신을 뒤덮지 않도록
당신의 힘듦이 조금이라도 덜어지도록

당신이 그런 순간에 쓰러지지 않도록
간절히 마음을 담아
모든 날에 모든 순간에 위로를 보낸다.

✳

의욕을 잃어버렸다면
의욕을 내야 하는 걸 몰라서
힘든 것이 아니다.

다시 노력해도
행복해지기 어려울 거라는
좌절 때문이다.

좌절은 진심으로 노력했던 일
다음에 찾아온다.

그러한 순간에 위로가 필요하다.

누군가 마음을 알아주는 말 한마디

조건 없는 응원의 문자
조건 없이 공감해주는 마음
별일 없이 잘 지내냐는
걱정이 담긴 진심의 안부 그 자체.

그것이 사람을 다시 일어서게 한다.

단 한 사람이라도
진심으로 내 편이라 생각될 때.

지금은 좋지 않지만
어쩌면 앞으로 다시 좋아질 수도 있을 거란
생각을 갖게 한다.

직선으로 뻗은 높은 언덕을 오를 때
우리가 힘든 건
길을 몰라서가 아니다.
뻔히 가야 할 길인 줄 알면서도
언덕을 오르는 것 자체가 힘들어
몇 번이고
멈추고 싶다는 생각이 들기 때문이다.

바로 그 순간에 응원이 필요하다.

응원은 더 살아보라는 간절함이 담긴 말이다.

응원은 단순히 당장 괜찮아질 거라는 말이 아니다.

괜찮아지면 좋겠지만
괜찮든 괜찮지 않든
언제나 나는 네 편이라는 말이다.

괜찮은 거니

일상을 살아갈 때
어떤 위로도 없다면

넘어지거나 쓰러졌을 때
아무도 없다면

아무도 너의 문을 두들기지 않는다면

어려웠던 겨울이 가는 건 별 의미가 없고
봄이 오는 소식을
마땅히 나눌 사람이 없다면

매일 먹는 아침의 식사와 저녁의 식사 속에
아무 말도 없다면

비가 오는 것이 네게는 아무 의미 없다면

인생은 참 쓸쓸하겠다
너무 쓸쓸해 마음이 아프기도 하겠다

모든 것에 조심스럽게 살아가지만
그런 순간들이 너를 더 외롭게 하겠다

그렇다고 하면
괜찮은 거니

지금 너는 혼자일 텐데
괜찮은 거니

"별거 아니야."라고 쉽게 말할 수 있지만
그건 정말 쉬운 게 아니니까

너는 지금 괜찮은 거니?

계절이 변한다는 건

계절과 닮은 일들이 찾아온다.
계절을 닮은 사람들이 찾아온다.
계절을 닮은 소식들이 찾아온다.

계절을 나누며 산다.

계절을 걸으며
나의 변화를 느낀다.

계절이 변했다는 건
삶도 변하는 중이라는 것이다.

변하지 않는 건 없다.

아픈 일은 지난 일이 되고
소중했던 일은 추억이 된다.
오늘은 내일이 된다.

변하지 않는 건 없다.

가장 절망적인 순간도 변한다.

계절이 변하듯이.

한번 지나간 인생은
다시 오지 않는다

가난한 소년이 있었다.
가난은 불편함을 가져왔다.

소년은 돈을 많이 벌어야겠다고 생각했다.
한계를 두지 않고 목표를 세웠고
10년 정도를 사생결단의 각오로 임했다.
마주하는 문제를 피하지 않고
할 수 있는 최상의 결과를 만들기 위해 노력했다.

여러 실패 끝에 결국 소년은
경제적 성공을 이루었고 행복을 느꼈다.
그리고 일하는 시간을 줄이고

자기만의 시간을 최대한 많이 가졌으며
갖고 싶은 것과 하고 싶은 것을
거의 모두 누릴 수 있는 자유가 주어졌다.

그러나 점점 행복감이 줄어들었다.

늘 가지고 있는 것에는
행복을 느끼기 어렵기 때문이었다.

그 후 사람들을 찾아다니며
무엇을 하면 행복할 것 같은지를 묻고
사람들이 말하는
다양한 행복을 만나보기도 했다.

고급 호텔에서 살거나
매일 갖고 싶은 옷을 사거나
그 밖에도 세계 여행, 좋은 차,
고급 음식, 적게 일하는 자유 등…

그런데 잠시 즐거웠을 뿐 마음은 그대로였다.

이상했다.

원하는 것을 다 하면 행복할 줄 알았는데
행복하지 않았다.

소년은 생각했다.

'더 이상 원하는 것이 없을 때는
어떤 것도 의미 없게 느껴진다.'

하지만 그건 진정 자신이 원하는 것을
모른다는 말과 같다.

삶에서 잃어버린 것이 무엇인지 모를 때는
무엇을 해도 행복할 수 없다.

소년이 오래전 잃어버린 건 열정이다.
가슴 뛰는 삶을 잃어버리면
아무리 좋은 것을 가져도 나를 잃어버린 것과 같다.

삶에서 중요한 건
지금 이 순간
가슴 뛰는 삶을 사는 것이다.

그것을 다른 말로 하면
'지금 이 순간 마음껏 행복하기'다.

지금 이 순간에 가장 큰 의미를 두고
열정을 갖고 사는 것.

주먹을 쥐고 바람을 잡을 수는 없다.
대신 손을 피면
바람을 충분히 느낄 수 있다.

행복은 바람과 같다.

붙잡아둘 수도 없고
영원한 순간처럼
손에 쥐고 있을 수도 없다.

행복은
지금 이 순간 느끼는 감정이다.

행복은 하나의 목표가 아니라
살아내는 과정이어야 한다.

살아가는 순간마다
있는 힘껏 행복하기 위해
노력해야 한다.

그래야 가슴 뛰는 열정을 갖고
살아갈 수 있다.

어떻게 해야 행복할지 모르겠다면
열정을 가질 수 있는 일을 찾아보자.

열정을 찾는다면
행복도 찾게 될 거라 생각한다.

한번 지나간 인생은 다시 돌아오지 않는다.

멋진 인생은
그 사실을 자주 기억하며 사는 것이다.

3부
———

오늘의 온도

마음의 온도가
그날의 기분을 정한다

삶은 하나의 문장이 된다

매일 글을 쓴다.

벌써 7년이 되었다.

글을 쓰기 위해서는 충분한
혼자의 시간이 필요하다.

그 시간을 바탕으로
생각을 정리하고
바쁘게 지나가면 볼 수 없는
생각을 꼼꼼히 찾아내기도 한다.

그렇게 쓰다 보면
여러 사람과 어울리며
바쁘게 살아가는 사람들의 속도에
맞추기가 어렵다는 걸 느낀다.

나는 아주 느려야 하기 때문이다.
자주 멈춰 서서 생각해야 하기 때문이다.

그렇게 주위 사람들과
서로 다른 시간을 살다가
오랜만에 만나면 어색할 때가 있다.

하나의 문장을 고민하는 동안
사람들의 근황은 그만큼 쌓였기 때문이다.

하지만 몇 년 동안
나의 속도를 지켜내다 보니

바쁘게 살아가다
느림의 시간이 필요할 때
나를 찾는 사람도 생긴다.

그럼 함께 시간을 보낸 뒤
느림이 얼마나 좋은지를 말하고
정해지지 않은 다음을 기약하며
각자의 시간 속에서
서로가 잘살기를 바라며 헤어진다.

나는 글을 쓰기 위해 남들보다
자주 느린 시간을 선택하고 혼자가 되지만

막상 오랫동안 혼자가 되는 게 쉬운 건 아니다.

작년과 재작년에는 일 년에 두 권씩 책을 냈다.
그만큼 오랫동안 혼자 있었다는 뜻이다.

하지만 책이 출간되고 나면
사인회, 강연, 작가와의 만남을 통해
바쁘게 많은 사람을 만나게 된다.

이름도 기억하는 19살 고등학생 친구는
정확히 사인회에 3번을 찾아왔었다.
매번 책과 정성스러운 손 편지를 가져다주었다.

그럼 집으로 돌아오는 길에
편지를 한 자 한 자 소중히 읽는다.
그리고 그동안의 모든 혼자의 시간을 위로받는다.

삶은 누군가
나의 노력을 알아줄 때 위로기 된다.

내 삶이 누군가에게 문장이 되고
누군가의 말이 문장이 되어 돌아올 때
나는 나의 시간을 더 사랑하게 된다.

당신의 시간을 지키며
찾아오는 사람들과 나누고 싶은 것을 나누고
또 헤어지기도 하겠지만
다시 기약 없는 만남을 약속하고
지키고 싶은 시간을 살아가다 보면
오랫동안 기억하고 싶은 순간이 찾아와
당신의 시간을 더욱 사랑하게 될 거라 믿는다.

하나뿐인 나의 시간을 살아갈 때
삶은 하나의 문장이 된다.

모두에게 이해받을 필요 없다

솔직한 모습으로 살아갈 때

어느 날

누군가 다가와 이렇게 말할 것이다.

나는 너의 그런 점이 좋아.

너를 이해한다고.

그런 너를 믿고 싶다고.

너의 시간을 사랑한다고.

누군가 나의 시간을 사랑할 때
안도가 되며,
나를 더 사랑할 수 있게 된다.

사랑은 많이 가진 사람이 주는 것도
적게 가진 사람이 받는 것도 아니다.

같은 마음으로 오랫동안 수평에 서서
서로를 사랑스럽게 바라보는 일이다.

어느 인생도
모두에게 이해받을 수 없다.

사랑하고 싶은 사람을 사랑하고
사랑해주는 사람에게 사랑받으면 된다.

인생은 처음부터 끝까지
나만의 사랑을 찾기 위한 여정이다.

지금은

노을을 닮은 사람은 노을처럼
별을 닮은 사람은 별처럼
꽃잎을 닮은 사람은 꽃잎처럼
바다를 닮은 사람은 바다처럼

나의 시간을 살아갈 시간이다.

진심을 담은 시간

새봄 프로젝트를 했던 적이 있다.

고민을 찾아가는 프로젝트였다.

처음에는 책을 구매해준 분에 한해 진행했고
나중에는 사연을 보내오면 선정하여 찾아갔다.

당시에는 아무것도 가진 게 없었고
열정적인 마음 하나만 있었다.

누군가 정말 힘들어하는 사람이 있다면
찾아가 이야기를 들어주고

그 사람이 좋아하는 내 글을 손수 적어준다면
앞으로 살아가는 데 큰 힘이 되지 않을까 하는
생각이 들었다.

힘내라는 말도 고마운 말이지만

"누군가 나를 위해 이렇게까지 한다고?"

"젊은 청년이 배낭을 메고 전국을 다니며
하고 싶어 하는 말은 뭘까?"

"어떤 말을 하고 싶은 걸까?"

"그렇다면 그 말은 진심이겠구나."

하는 정도의 의미를 전하기 위해 시작했다.

내가 해주고 싶은 말은 '위로'였다.

살아온 이야기를 듣고 공감하며
그동안 고생했다는 말을 전했다.

나를 만났던 순간보다
스스로를 위해 용기 내 사연을 쓰고
프로젝트에 신청하는 과정에서
잃어버린 용기를 다시 찾기를 바랐다.

그리고 그 용기로 다시 살아갈 수 있기를 바랐다.

배낭을 메고 전국을 돌아다녔다.
돈이 없으니 찜질방에서 자거나
아주 저렴한 숙소를 구해 다녔다.
대한민국에 안 가본 곳이 없다.

한 달에 한 번 정도 집에 들어가고
거의 매일 같은 옷을 입었다.

SNS에 프로젝트 소식을 매일 올리니
독자들도 나의 모습을 이해해주었다.

내가 얼마나 위로가 되고
힘이 되었는지는 모르겠다.
어쩌면 부족해 보였을 수도 있다.
또 아주 짧은 기억으로 잊혀졌을 수도 있다.

하지만 누군가에게는 시간이 지나
다시 꺼내고 싶은 마음으로 기억되지 않을까.

그 후로 나는 강연을 시작했고
부족한 모습으로 무대를 오르고 내리며
몇 번이고 넘어지고 일어서기를 반복하며
꾸준히 나를 성장시켰다.

오늘 페이스북에
새봄 프로젝트를 할 당시의 영상이 올라와
생각에 잠겨 글을 쓴다.

6년이 지난 나는 얼마나 변했고
사람들에게 건넸던 용기만큼
나 또한 얼마큼 용기 내서 살았는지.

그때의 나와
지금의 나를 비교했을 때
부끄럽지는 않은지.

순수한 열정 하나만으로
하루하루를 걸어왔던 지난 모습에

오늘의 모습이 작아 보이기도 한다.

누구나 뒤돌아보면 아쉬운 순간도 있고
빛나는 순간도 있다.

뒤돌이봤을 때
빛나는 순간이 되도록
살아야겠다고 다짐한다.

'진심을 담아 고생한 시간은
시간이 지나 어느 날 자신을 위로한다.'

✳

자주 가는 카페에서
어린아이와 아버지를 보았다.

이층으로 올라가기 위한 계단이 제법 높았고
아이가 말했다.

"아빠 계단이 높아 저는 못 올라갈 것 같아요."

그러자 아버지가 손을 잡으며 말했다.

"괜찮아, 한 칸씩 천천히 올라간다면

충분히 올라갈 수 있을 거야.

한 칸씩 천천히 오르는 거야."

시작하자

내일 무언가를 새로 시작하기로
마음먹은 사람은 떨리고 걱정된다.

어쩌면 시작하는 게 맞을까 하는
생각이 들지도 모른다.

잘 해낼 수 없을지도 모른다는 생각에
잠을 설쳤을 수도 있다.

그래도 시작하기로 마음먹었다면
작은 설렘도 존재한다.

설렘을 안고 사는 사람은
기대할 내일을 품고 사는 것과 같다.

시작할 수 있는 사람은

두려움에서 벗어나는 일을
시작할 수 있다.

목표를 이루어 나가는 노력을
시작할 수 있다.

이별을 잊기 위한 과정도
시작할 수 있다.

환경을 바꾸기 위한 변화를
시작할 수 있다.

오랫동안 괴로운 이유는
괴로움에서 벗어나기 위한 시작을
아직 안 했을 뿐이다.

시작하자.

두려움에서
벗어나는 일을.

내가 진짜 원했던 인생을 위해.

강한 의지를 지닐 때 삶은 변한다

책을 집필할 때 나만의 몇 가지 원칙이 있다.

우선 다른 곳에 이동하지 않고
한 장소에서만 글을 쓴다.
보통은 작업실이다.

'여기서 해결 못한 문제'를 다른 곳에서
해결할 수 있다고 생각하지 않는다.

그렇게 생각하면 글이 써질 때까지
계속 장소를 바꿔야 한다.
결국 마음에 맞는 장소가 없다면

글을 쓸 수 없게 된다.

무엇이든 '현재 의지'에 달렸다고 생각한다.

하지만 의지대로 사는 게 말처럼 쉬운 일은 아니다.
의지와 마음이 다를 때 집중이 안 되고
잡생각이 든다.
더 노력하고 싶은 마음과
어딘가로 떠나고 싶은 마음이 상충한다.
하지만 그 마음은 잠시뿐이다.

약한 의지여도 반복되면 강한 의지가 된다.
약한 힘이어도 반복되면 강한 나뭇가지가
부러지는 것처럼.

아주 어릴 적
어떤 동작 하나를 능숙하게 해내기 위해
수없이 반복했던 것과 같이
모든 성장은 결국 어려움 앞에서
흔들리는 의지를 반복해 다잡으며 나아가는
과정이 아닐까 생각한다.

글을 쓰기 위해 그다음 할 일은 '집중'하기다.

마음이 불편하면 온전히 집중할 수 없다.

너무 피곤해도 안 되고
너무 활력이 없어도 안 된다.
허기가 져도 안 된다.
컨트롤할 수 없는 불편한 것과는
거리를 두고
마음을 좋게 하는 것은
최대한 가까이한다.

좋아하는 향
좋아하는 화초
좋아하는 차
좋아하는 멜로디

좋은 마음의 온도를 유지할 수 있도록
마음을 관리한다.

무언가를 잘하기 위해서는
좋은 마음이 돼야 한다.

좋은 마음은 하고자 하는 일을
더 섬세하게 바라볼 수 있게 한다.

좋아하면 깊고,
자세히 바라보게 되기 때문에.

그러나 매일 글을 쓰다 보면
써지지 않는 순간도 만나게 된다.
할 수 있는 모든 노력을 했지만
어쩔 수 없는 어려움을 만난 것이다.

그럴 때는 방도가 없다.
다른 길로 돌아갈 것이 아니라면
어려움을 있는 그대로 마주한다.

오랫동안 글을 쓰며 깨달은 사실은
계속 쓰다 보면
다시 무언가 새롭게 쓰인다는 것이다.

마치 계속 사랑하고자 하는 사람에게는
결국 사랑이 찾아오는 것처럼.

삶이 바뀌는 순간은
어떤 완벽한 순간이 아니라
스스로 강한 의지를 지닐 때이다.

의지를 따라 삶은 변하고
시간을 통해 천천히 변화가 찾아온다.

6개월, 1년 정해진 열정의 기간이 끝나고
책이 나오면 내려놓는 휴식을 갖는다.

그동안 바쁘게 살아오느라 놓친 것도 많다.

놓친 것을
뒤돌아가
다시 잡을 수는 없지만

놓친 시간을 후회하지 않고
계속해서 새로운 페이지를 써 내려간다.

나를 찾기 위한 길

저는 공부를 못했습니다.
그렇다고 다른 걸 잘하거나
손이 야무져 꼼꼼하지도 못했습니다.

게다가 새로운 것에 빨리 적응하지도 못했고
또래 아이들이 좋아하는 것에
관심이 없었습니다.
그러다 보니 대화도 잘 안되고
재미도 없었습니다.

크면서는 그런 모습을 감추고
다른 사람들과

똑같은 모습이 되기 위해
많이 긴장하고 노력했지만
잘되지 않았습니다.
마음속으로는 늘 조금 다름을 느꼈습니다.

그래도 다르면 안 된다는 생각에
어떤 사람이 돼야 하고
어떤 모습이 돼야 하고
다수의 사람이 생각하는 모습이
되기 위해 노력했지만
여전히 느리고 서툴렀습니다.
저는 제가 문제가 있다고 생각했습니다.

그리고 젊었을 때 시도한 사업이 실패하고
당시에 몸도 아프게 되면서
더 이상 괜찮은 척
남들과 똑같은 모습이 되기 위해 애쓰는 것이
어렵다는 생각이 들었고
1년 정도를 아무도 만나지 않았던 적이 있습니다.

간간이 생계를 유지하면서
앞으로 무엇을 해야 하나 참 많이 고민했습니다.

그때 경제적 대가 없이 시작한 것이 글쓰기입니다.

글쓰기는 생각과 마음을 솔직히
표현할 수 있었습니다.

나를 표현할수록
나를 조금씩 알아가게 되었습니다.

그리고 많은 사람이 글에 공감해 주었고
서로 다르지만 비슷한 마음을 느끼며
살아간다는 걸 알게 되었습니다.

그 후로 열심히 강연도 하고
꾸준히 글을 쓰며 성장했습니다.

만약 정말 힘들 때 남들과 다른 모습이
계속 잘못되었다고 생각하여
바꾸려고만 했다면 좋아하는 글쓰기를
찾지도, 하지도 못했을 겁니다.

인생에 좋아하는 게 하나도 없었을지 모릅니다.

가장 절망적인 순간에
몸에 힘을 빼고
나를 찾아갔습니다.

그리고 다른 모습을 살아보기로 했습니다.

그렇게 나름의 정한 산을 오르며
작은 언덕에 올라 보니
그동안의 길이 보였습니다.

아, 사람은 원래 모두 다르구나.

각자의 인생이 있는 거구나.

잘하는 것도 못 하는 것도 다른 거구나.

하나의 사실에 실망할 필요도
하나의 사실에 우울할 필요도 없구나.

인생에는 나를 찾아가는 길만 있구나.

나를 찾기 위해 길을 떠났던 발걸음은

옳았다는 생각이 듭니다.

절망이 찾아왔다면 힘을 빼고,
충전이 되었다면 나만의 목표를 향해,
언덕을 올라가는 중이라면
뒤는 돌아보지 말고,
언덕을 올랐다면
내려가기도 하겠지만
힘든 시간을 지나왔던 방식으로
다시 원하는 언덕을 올라보세요.

억지로 하는 것을 가급적 줄이고
나를 계속 찾아가세요.

만약 억지로 해야 한다면
그것을 해야만 하는 이유를 먼저 찾으세요.
내가 원하는 이유로 살아간다면
나의 하루를 잘 지켜내고 있는 것입니다.

꿈을 지키세요

저는 7년 차 작가입니다.

10권의 책을 썼고
모두 베스트셀러가 되었습니다.

해외 판매까지 합치면
판매 부수는 80만 부가 넘을 겁니다.

그러나 글쓰기를 배운 적도 없고
책을 많이 읽지도 않습니다.
대신 마음에 드는 한 권의 책을
몇 번이고 다시 봅니다.

저는 섬세합니다.
모든 것을 깊게 바라보고
오래 바라보며
오랫동안 생각합니다.

작은 것을 그냥 놓치지 않고
삶과 연관 짓습니다.
그럼 저만의 철학이 생기기도 합니다.

쉽게 포기하지 않습니다.
답을 찾을 때까지
원하는 것을 찾을 때까지
선택을 계속 바꿔나갑니다.

하나의 선택이 틀렸다고 해서
좌절하지 않습니다.

어차피 하나의 선택으로 답을 찾을 만큼
인생이 호락호락하지 않다는 걸
알기 때문입니다.
답을 찾을 때까지 계속해서
선택을 바꿔 나갑니다.

경쟁을 좋아하지 않습니다.
대신 지난날의 나와 현재의 나를
비교하는 것을 좋아합니다.

과거보다 무엇이 좋아졌고
무엇이 달라졌는지.

앞으로 무엇을 채우고 싶고
무엇을 해야 하는지.

과거를 그리워하고
미래를 걱정하기보단
지금을 채울 수 있는 것들로
채워나가는 것을 좋아합니다.

이러한 습관이 좋아하는 것을
성과가 날 때까지
꾸준히 할 수 있게 도와줍니다.

제가 특별한 능력이 있거나
무언가를 남보다 잘한다고
생각하지 않습니다.

단지 섬세하게 바라보고
선택을 바꿔가며
정답을 찾아가는 여정을
이어 나가고 있을 뿐입니다.

꿈이 있나요?

"꿈이 꼭 있어야 하나요?"라는 질문을
강연에서 받은 적이 있습니다.

그럼 저는 다시 묻습니다.
"꿈이 꼭 없어야 하나요?"

꿈이란 좋아하는 무언가입니다.
좋아하는 게 없이 행복하기는 어렵습니다.

좋아하는 것을 찾는 걸 포기하는 이유는
좋아하는 걸 찾지 않고 처음부터 자꾸
잘할 수 있는 것을 찾으려 하기 때문입니다.
그래서 잘하지 못하면 포기하게 되고
좋아하는 게 없다는 생각이 듭니다.

잘하는 모습만 좋아하려 하기 때문에 조급해지고
점점 나를 잃어가는 느낌이 듭니다.

하지만 무언가를 오래 하면 잘하게 된다고 믿습니다.

그러기 위해서는
오래 하고 싶은 일을 찾아야 합니다.

오래 하고 싶은 이유는 다양합니다.
내가 원하는 모습을
얻을 수 있을 것 같아서
아니면 좋아해서, 재밌어서.

오래 하고 싶은 걸 찾아
견뎌내기 위해서는
처음부터 잘하는 걸 찾으려 하지 말고
잘하고 싶은 것을 찾아야 합니다.

잘하고 싶은 것은 오래 하고 싶은 것입니다.
그것이 꿈입니다.
좋아하는 것을 앞으로 잘하는 것.
잘하고 싶은 것을 오래 해나가는 것.

그러니 꿈을 가져도 좋습니다.
꿈을 갖는 것만으로도
마음에 힘이 생길 겁니다.

아마도 꿈을 이루는 방법은

문제를 섬세하게 바라보며
포기하지 않고 선택을 바꿔가며
정답을 찾아가는 여정을
시작하는 거라 생각합니다.

세상에서 가장 강한 사람은
자신에게 기회를 주는 사람입니다.

기회만 있다면 누구든 지금보다
더 나은 순간을 만들어갈 수 있다고 믿습니다.

꿈을 꾸세요.
꿈을 실행하세요.
꿈을 지키세요.

지금을 살자

오늘을 살자.

더 행복하게 살자.

불안해하지 말자.

맛있게 고기를 굽는 타이밍

나는 고기를 정말 잘 굽는다.

얼마나 잘 굽는지
먹어보지 않은 사람을 생각하면
아쉬울 따름이다.

고깃집에서 아르바이트한 경험을 바탕으로
나의 예민함이 빛을 발한다.
섬세하게 고기를 관찰한 뒤,
적당한 타이밍에 뒤집고,
또 적당한 타이밍에 불판에서 내려놓는다.
노련미가 필요하다.

(좋아하는 고기 얘기에 점점 진지해진다)

잘 굽기 위해서는 우선 많이 먹어봐야 한다.

어떤 굽기의 고기가 맛있는지 먹어보고
눈으로 확인해야 가장 맛있는지 상태를 알 수 있다.
모르고 열심히만 굽다가는
맛있는 고기를 놓칠 수 있다.

또 잘 굽는 것만큼 불판에서 접시로
이동시키는 타이밍도 매우 중요하다.
불판에 계속 올려두면 잘 구운 의미가 없다.

딱딱하게 굳어버리기 때문이다.
그렇게 되면 여러 채소와 쌈으로
맛을 살려보려 해도 쉽지 않다.

한 번은 전시회에서 다른 작가님들과
고기를 먹으러 간 적이 있었다.
내가 굽겠다고 자청했고
열심히 구워 한 점 한 점 접시에 올려두었다.

누군가 말했다.
"이렇게 정성들여 고기를 구우면
누구도 잘 구울 수밖에 없겠어요."

맞다.
어쩌면 고기를 잘 굽는 나만의 비법은
정성일지 모른다.

세상에서 가장 맛있는 고기를 먹겠다는 일념으로
한 점 한 점 정성스럽게 굽는다.

20대 때 나는 주변의 시선을 많이 신경 썼다.
누군가 나를 어떻게 바라보는지가
하루의 기분을 결정하는 중요한 요소였다.

타인이 나를 어떻게 바라볼지를 자주 생각하고
내 마음에 집중하지 못했다.

그렇게 신경 쓰다 보면 타이밍을 놓쳤다.

해야 할 말을 할 타이밍
무언가에 집중할 타이밍

마음을 놓고 쉬어야 할 타이밍
좋아하는 것을 선택할 타이밍

내 인생인데도 수많은 타인을 생각하느라
인생을 놓쳤다.

남들이 보기에 좋은 시선으로
나를 잠시 꾸밀 수 있을지 모르지만
정작 내 모습이 마음에 들지 않는다.

진짜 내가 좋아하는 게 빠진 기분이 들 때
마음은 텅 비게 된다.

나답게 산다는 건
나의 마음을 채우며 사는 일이다.

마음을 채운다는 건
원하는 타이밍을 놓치지 않는 것이다.

타이밍을 놓치지 않기 위해서는
내 마음을 자세히 살피고
관심 있게 들여다봐야 한다.

시간이 지나고 나서야 미숙하지만
고기를 굽는 것처럼
정성스럽게 마음을 살피게 되었다.

'섬세하게 마음을 다루다 보면
앞으로 다가올 불행은 줄어든다.'

마음을 섬세하게 다룰수록
흩트리거나 망치는 일을 피하게 된다.

그러한 일을 만났어도,

내 마음을 먼저 보호하고
마음을 쉴 수 있게 해준다.

거대한 상처를 받으며
상처 속에 있지 않는다.

맛있는 고기를 구우면
만족감이 올라가듯
정성스럽게 마음을 살피면
만족감을 채울 수 있다.

마음의 빛을 켜고
상처받지 않게 마음을 살피며
행복을 찾아갈 당신을 응원하고 싶다.

만약 누군가의 지인으로
우리가 만나게 된다면
정성스럽게 꼭 한번 맛있는 고기를
구워주고 싶다.

맛있는 음식은 근심을 덜어내고
그동안 열심히 살아온 인생을 위로하기에.

멈출 수는 있지만
앞으로 다시 걸어갈 인생을 위로하며.

오롯이 당신을 위해 존재하는 것

당신은 들으면 기분 좋은 말이 있는가?

나는 한번도 깊이 생각해본 적 없다.

들었을 때 기분 좋았던 말이 있었지만
곰곰이 생각해본 적은 없다.

듣기 싫었던 말을 잊기 위해
마음이 바빴는지 모른다.

그러고 보니 '좋아하는 게 뭘까'를
생각한 지도 오래되었다.

무엇을 좋아하는지
말하라고 하면 말할 수 있지만
그것이 내게 정말 큰 기쁨을 주는지,

해야 할 일을 미루고서라도
달려가 만나고 싶은 것인지,

나를 설레게 하고
큰 즐거움을 주는지 묻는다면
잘 모르겠다.

정말 좋아하는 것은
미루지 않고 하게 된다.

그건 좋아하는 것이
나를 끌어당기기 때문이다.

좋아서 하는 건
시간이 남아서 하는 일이 아니라
시간을 내서 하는 일이다.

당신은 어떤 것을 좋아하는 사람인가?

당신의 삶에
좋아하는 꽃을 닮은 일이
많이 피었으면 좋겠다.

그래서 좋은 향기와 같은
소식이 많이 찾아오면 좋겠다.

좋아하는 것들로
삶이 가득 채워졌으면 좋겠다.

무엇을 좋아하는 사람인지
자주 생각하고 자주 만나러 가면 좋겠다.

당신의 삶을 더 좋아하게 되면 좋겠다.

좋아하는 것들을 쉽게 잊지 않고
오래 기억했으면 좋겠다.

오롯이 당신을 위해 존재한다는 걸
알았으면 좋겠다.

당신의 한번 뿐인 삶이.

사랑은 온기를 나누는 것

밤이라는 친구와 함께 삽니다.

밤이는 궁금한 게 많습니다.
여기저기 다니며 코로 냄새를 맡고
뭐든 다가가 자세히 봐야지 직성이 풀립니다.

새로운 것을 좋아하며
늘 관심을 가지고 궁금해합니다.

밤이는 제가 혼자 짊어져야 할 일을
짊어지며 무거워하고 있을 때
조용히 옆에 다가와 몸을 맞댑니다.
마음의 무게를 나눠달라고 하는 것처럼.

그게 아니라면
그냥 옆에서 괜찮을 때까지
온기를 나눠주겠다고 하는 것처럼.
그럼 잠시지만 위로가 됩니다.

밤이를 챙기는 게 쉬운 일은 아닙니다.
30kg가 넘고
하루에 꼭 세 번 산책을 시켜주고
발을 닦아주고
아이를 돌보듯 양치도 시키고
귀 청소도 해주어야 합니다.

때가 되면 밥을 챙겨 주어야 하고
아프다고 말할 수 없기에
아픈 듯한 소리를 내면 자세히
살펴봐야 합니다.

이 모든 게 쉽지는 않지만
하나도 버겁지 않습니다.

밤이는 그 이상으로 저에게
온기를 주기 때문입니다.

가만히 있다가도 밤이를 챙기다 보면
다시 힘내서 살아가고 싶어집니다.
그건 혼자가 아니라는 생각이 들어서입니다.

우리가 잘해주고 싶은 존재들은
그들에게 이미 우리가
사랑을 받았기 때문입니다.

사랑은 가만히 있어도 괜찮다는 말과 같습니다.

사랑은 맞춰나가는 것이 아닙니다.
세상과 어쩔 수 없이 맞춰나가기 위해
온 힘을 다 쏟고, 아무것도 할 수 없을 때
사랑은 다가와 이렇게 말합니다.

"괜찮아?"

"힘들었겠다."

"지쳤구나."

"이대로 있어도 돼."

삶에서 사랑하는 것이
많이 생기면 좋겠습니다.

정말 지칠 때는 사랑했던 것들이
나를 지켜줄 겁니다.

사랑한 적이 있습니다

봄날 같은 순간이 찾아와
가진 모든 것을 주어도
아깝지 않은 사람을 만난 적이 있습니다.

하지만 사랑 앞에서는 누구나 어렵듯,
부족한 모습들로 소중한 사람을 놓쳤습니다.

지금은 그 사람이 어떻게 지내는지
모르겠습니다.

좋은 사람이었으니까
분명 또 어딘가에서 잘 지내겠지요.

그러니 저도 잘 지내야겠습니다.

그 사람이 주고 간 좋은 것들만 생각하며
앞으로를 잘살아보기로 합니다.

지난 일입니다.

두 발로는
다 걸을 수 없는 넓은 세상에서
인생을 걷다가 우연히
사랑하는 사람을 만났다는 사실만으로도
아름다운 이야기입니다.

사랑을 통해 배우고
사랑을 통해 나를 찾고
사랑을 통해 행복을 얻습니다.

당신에게도
앞으로 있을 인생의 사랑에서
아름다운 순간이 많기를 바랍니다.

어떤 말을 해준다면

20대가 영원할 줄 알았습니다.
너무 힘들었기 때문입니다.

의류 사업이 잘되지 않아
매일 사무실에서 지내며
하루 종일 일했고
그날을 위로하는 건
만 원, 이만 원 하는 가끔 사 먹는
평소보단 비싼 음식이었습니다.

그렇게 하루가 마무리되었습니다.

아무도 없는
아주 이른 아침이거나 늦은 저녁에
찬물밖에 안 나오는
공용화장실에서 간편히 씻고
업무를 봤습니다.

매일 이렇게 살면
TV에 나오는 사람들처럼
성공할 줄 알았습니다.

성공한 사람들의 이야기를 들어보면
자기만의 성공 스토리가 있으니까요.

저는 지금이 힘들수록
성공 스토리가 된다고 생각하며
당장이라도 포기하고 싶은 마음을 다독이며
시간을 지나왔습니다.

그것뿐인가요?

사업이 실패하고는 공부한다며
스스로 늦은 사람이라 생각해

아무도 만나지 않고
학원에 다니며 공부했습니다.

빨리 자리를 잡고 싶었습니다.
돈을 벌어야 조금은 남들처럼 살 수 있다고
생각했습니다.

20대가 영원할 거라는 생각에
지금 힘듦이 영원할 거라는 생각에
지쳐갔습니다.

하지만 저는 시간이 지나
30대가 되고
또 시간이 지나고

지금은 다른 시간을 삽니다.

안정적인 일을 하고
큰 홀에서 강의를 하기도 하고
사람들 앞에서 인생을 말하기도 하고
슬픔을 말하기도 하며
좋은 방향을 말하기도 합니다.

강의를 하고
돌아오는 길에 생각에 잠깁니다.

20대로 돌아간다면
나에게 이렇게 말해주고 싶습니다.

너무 힘들면 포기해도 돼.
그래도
앞으로 인생이 잘못되는 건 없어.
또다시 시작을 이어갈 거야.

너무 힘들면 쉬어도 돼.
그렇게 한다고 해도
앞으로 인생이 잘못되는 건 없어.
충분히 쉬고 나면
새로운 사실들이 보일 거야.

너무 힘들면 울어도 돼
너무 참지 마.
지금은 울어도 되는 거야.

시간은 가고

적지 않은 나이가 됩니다.
그리고 늙어갑니다.
사람이라면 당연한 것입니다.

그리고 계획했던 인생과
다르다 생각 드는 순간
마음이 조급해지고
늦었다는 생각이 듭니다.

하지만 늦지 않습니다.

지금은 영원하지 않기 때문입니다.
앞으로 어떤 상황에서도
스스로를 지켜나가기 위해
노력할 것이기 때문입니다.

잘못된 인생은 없습니다.

당신은 다시 시작을
이어갈 것이기 때문입니다.

나중에 10년, 20년 시간이 흘러

지금의 나에게 '어떤 말'을 해준다면

무슨 말을 해주고 싶나요?

그 말을 오늘 해주면 좋겠습니다.

가족이라 부를 수 있는 사람들

심장판막이란 병을 갖고 태어났습니다.

30년 전 당시 병원비 삼천만 원이 필요했고
25살의 아버지는 그 돈을 구하러 다녔습니다.
아는 모든 지인에게 연락을 했습니다.

죽을지 살지 모르는 아이를 위해.

저는 어머니와 수원에 있는 병원에서 생활하고
아버지는 회사 근처인 안산에서
첫째 형과 지내셨습니다.

저로 인해 이산가족이 된 것입니다.

다행히 시간이 흘러 수술을 하지 않고
병이 자연 완치가 되었습니다.

신을 믿지 않는다던 의사는
신이 도왔다고 저와 부모님께
몇 번이고 말했다고 합니다.

퇴원 후 집에서 가족과 생활하게 되었습니다.

어릴 적 부모님은 자주 다투셨습니다.

주로 경제적인 이유였습니다.

그래서 가난하면
힘들다는 걸 배웠습니다.
그건 누군가 말로 설명해줘 알게 되는 것과
차원이 다른 깨달음이었습니다.

먹고 싶은 걸 못 먹고
아끼지 말아야 할 것을 아꼈습니다.

그래도 부모님은 다른 사람의 도움 없이
아침부터 새벽까지 일하면서
삼 형제를 키우셨습니다.

형은 공부를 잘해 큰 회사에 들어갔습니다.

형은 어린 제가 보기에 놓치는 게 없을 정도로
무엇이든 잘 해내는 만능처럼 보였습니다.

동생은 어릴 때부터 동경했던 군인이 되었고,

저는 작가가 되었습니다.

그렇게 삼 형제는 세상으로 나와
각자의 몫을 열심히 살아갑니다.

살다 보면 예측 못할
다양한 모습의 아픔이 찾아오고
각자의 무게를 견디며
점점 어른이 됩니다.

너무나 가깝고 소중한 사람들이라서

각자의 삶의 무게를 지고
살아가는 모습을 보면
때론 마음이 아프기도 합니다.

아픔도, 문제도 대신 해결해 줄 수도 없고
힘듦을 덜어줄 수도 없어
결국 제 자리에서 무사하기를
바라는 게 전부입니다.

그래도 이따금
다 같이 집에 모여
저녁을 먹으며
그동안 살아온 이야기를 나눌 수 있어
참 다행이라 생각합니다.

그럴 수 있는 시간이 있다는 건
앞으로 소중한 사람들을
볼 수 있는 시간이
남아있다는 것이니까요.

힘든 날에는
힘든 순간을 멋지게 이겨내고

어느 날 모인 가족 앞에서
그 역경을 어떻게 이겨냈는지
말하고 싶습니다.

힘든 순간에 도망갈 곳이 없다면
가족의 이야기를 들으며
내가 얼마나 소중한 사람이었는지
깨닫고 싶습니다.

친구든.
연인이든.
동료든.

견디기 어려운 힘든 시간을 함께 지나오고,
이미 몇 번이고 나눴던 살아온 이야기를
울고 웃으며 다시 나눌 수 있다면
마음속 가족이 된다고 생각합니다.

제일 가까운 사람이기에
나를 제일 아프게 할 때도 있지만
사랑하는 마음이 변함없다면

멀리 있어도 언제나 서로의 자리에서
진심으로 응원할 거라 생각합니다.

혼자 먹는 밥

늦은 저녁을 먹었습니다.

혼자 식사하는 사람이
유독 많이 보입니다.

요즘에는 혼밥이 어색한 시대가 아닙니다.
오히려 혼밥을 즐기고 편하게 먹습니다.

다만 핸드폰을 보지 않고
밥을 먹게 되면 빨리 먹게 됩니다.
혼자 오래 앉아 있을 이유가
없기 때문입니다.

혼자 밥을 자주 먹는다면
바쁘게 사는 것일 수 있습니다.

마음이 바쁘든
몸이 바쁘든
생각이 바쁘든

마음을 나눌 여력이 없거나
밥만 빨리 먹고
급하게 해야 할 일이 있을 때
혼자 먹게 됩니다.

천천히 밥을 먹다가도
빨리 먹고 가야겠다는 생각이 듭니다.

그러한 마음이라면
아무리 맛있는 음식도
맛없게 느껴집니다.

혼자 밥을 먹듯
삶을 급하게 살아야 할 때가 있습니다.

당장 해야 할 일이 많을 때입니다.

할 일이 쌓여 가면
짐처럼 느껴질 때가 있습니다.
그럼 어딘가로
훌쩍 떠나고 싶다는 생각이 듭니다.

하지만 나를 힘들게 했던 곳으로
다시 돌아가는 것 말고는
어디로도 갈 수 없다는 생각이 들면
마음은 무거워집니다.

요즘 저는 출판사 업무와 출간 일정이 겹쳐
정신없이 바쁘게 지내고 있습니다.

혼자 밥을 먹으며
바쁜 마음으로 하루를 보냅니다.

그래도 너무 급하게 먹지 않으려고 합니다.

이 시간만 지나간다면
다시 고요한 시간이 찾아올 거라 믿습니다.

당신의 오늘 하루는 어떠신가요?

혼자 먹는 밥이어도
천천히 드세요.

이 시간만 지나가면

몸도
마음도
생각도

고요한 시간이 내게 다시 찾아올 겁니다.

그때까지 오늘 하루도 아프지 마시고
잘 견뎌내시길 바랍니다.

용기 내서
좋아하는 날을 사세요.

오늘을
후회 없이.
귀하게 여기며.
아름답게.
매 순간이
나를 위해 존재하는 것처럼.

초판 1쇄 인쇄 2022년　12월　7일
초판 1쇄 발행 2022년　12월　19일

지은이　　글배우
펴낸이　　김동혁
펴낸곳　　강한별 출판사

책임편집　윤수빈
디 자 인　서승연

출판등록　2019년 8월 19일 제406-2019-000089호
주　　　소　경기도 파주시 탄현면 헤이리마을길 21-7 3층
대표전화　010-7566-1768 **팩스**　031-8048-4817
이 메 일　wjddud0987@naver.com

ⓒ 글배우, 2022

ISBN 979-11-92237-14-5 (03810)